KB270625

연압산
편지

연엽산 편지

원임덕 지음

원임덕 스님의 다정함이 묻어나는
산사의 봄여름 가을 겨울

스타북스

시는 생명이다.

스스로 만들어지는 생명이면서 우주의 삼라만상을 탄생시키는 생명이기도 하다. 연엽산 골짜기에서 수행을 하며 이 생명을 이야기하는 원임덕 스님의 시를 추천한다.

우리가 생노병사의 길에서 만나는 이 세상은 온통 희로애락의 이야깃거리다. 이 이야기를 조용히 들려주는 이가 바로 원임덕 시인이다. 그 소리를 차분히 들어보기를 권하는 바이다.

2025년 12월

통섭예술인 정수연

이 수필은 탈고 된지 6년이 되었다.

월간 시인에 2년간 발표를 한 글을 고마우신 여러분의 사랑과 관심으로 엮게 되었다.

글을 쓰는 사람은 자신의 글이 책으로 엮어질 때 세상 그 무엇보다 감격스럽다. 나의 삶이 책 속의 페이지에 담겨져 내가 이 세상에 없을 때도 아주 오랫동안 사람들에게 이야기를 들려 줄 것이다. 나는 그 이야기를 지금 한권의 책으로 만나게 되는 것이다.

지금의 감회를 시 한편으로 적는 기쁨의 순간이다.

사람나무

바람이 불 때나
햇볕이 따가울 때나
어둠이 내려앉을 때나

앙상한 가지에 새로 잎이 나고
그늘이 되어 누군가 땀을 식히고

저기
외딴집에 외등 하나가
나의 긴 밤을 비추어

나에게 물어보는 그니는
나를 친구라고 불렀고
그니는 나무라고 말했지

2025년 12월

원임덕 합장

봄

여름

봄

아직도 춥고 매서워
산속에서는 봄을 느끼지 못하지만
그래도 쌓인 눈을 쓸다 보면 눈 속에는
이미 파란 싹이 돋아나고 있는 게 보인다.

봄비
오시다

봄비가 오신다.

한 이틀 날씨가 푹하여 움직이면 덥기까지 하더니, 봄이 성
큼 다가온 것이다.

겨울이 지나고 해동이 되면서 시작되는 봄비!
내게는 언제나 설레임으로 다가서는 첫 번째 손님이다.
다소곳하고, 조심스러운 새색시 걸음처럼 차분하고 조용히
땅을 적신다.

땅속에서 움이 트기를 기다리는 씨앗과 언 땅에서 숨을 죽이는 풀들과, 꽃눈들을 다치게 하지 않으려는 듯, 입춘을 알리는 맵고 차가운 바람이 지나고 설날이 지나자 봄은 어김없이 찾아온다.

반가운 봄비가 오신다.
우산을 쓰지 않아도 될 정도로 내리는 이슬비를 맞으며, 하늘을 본다.
손바닥을 펼쳐 빗방울을 만난다.

"그래, 봄이 왔다!"

예불을 마치고 먼동이 트기를 기다려 밖으로 나오면 하늘을 먼저 본다.
급할 것 없는 '산사람'의 일과이다. 산에 살면 날씨에 따라 움직이는 동선이 달라지고, 하루 일과의 계획도 날씨에 따라 맞추게 된다.

어제 오후에 마을에 내려가서 싣고 올라 온 물통을 수레에 싣고 하나씩 안으로 들이는 이른 아침 봄 소식!

‘이제, 물이 흐르겠지….’

　이렇듯 반가운 봄이 내게는 더욱 특별하고 감격스럽다. 겨우내, 물이 얼어 하루의 일과로 불을 때고 끼니를 해결하고, 추위로부터 몸의 컨디션을 조절하는 일로 삼동을 보낸 무미한 사람은, 올겨울을 보내면서 더욱 작아졌다.

　나는, 그간 살아오면서 팽창하고 수축하는 긴장을 온전히 벗어났던가?
　한 마리 벌레도 겨울을 나고, 산짐승들도 추위를 견디며, 숲 속의 나무와 풀들도 겨울을 난다.

　나는 한 마리 ‘생각하는 벌레’였다.
　나는 한 마리 ‘생각조차 멈춘 벌레’였다.
　나는 한 마리 ‘숨을 쉬지 않는 벌레’처럼 그렇게 있었다.

　긴 겨울이 갔다.

긴 겨울이 가고 봄이 왔다.

나는 무엇을 위해 살고 있었는가?
산짐승이 계곡을 찾아 물을 마시듯이, 나는 봄이 오기를 기다려 물이 흐르기를 기다리고 있었다.

생각이란 얼마나 고단한 일인가!
절실함이란 얼마나 아득한 일인가!
무엇이 부족하다는 것은 얼마나 마음이 바쁜 일인가!

물을 길어 오기 위해 눈을 쓸어야 하고, 물을 담아 주는 댁에서 시간을 내어 물을 틀어주어야 하고, 세탁물을 맡겨 신세를 져야 하고, 길이 좋은 날, 읍내 빨래방에 가서 세탁을 해야 하는, 올겨울은 '물'이 모든 삶을 붙잡고 있었다.

그런 겨울이 갔다.
폭설이 쏟아지고 눈보라 치는 밤, 한밤중에 눈을 쓰는 것은 장작을 넣으러 가는 길을 트는 일이다. 눈이 녹기를 기다리는 것은 물을 길어오기 위한 시간이다.

겨울 동안 내내 물 생각만 하다, 그리고 봄이 왔다.

가시덩굴과 마른 잡풀들을 거두어내고 씨를 뿌려야겠다.

나는 얼마나 많은 분들로부터 은혜를 입으며 살아가고 있는지를 그저 감사할 뿐이다. 4리터들이 물통 20개는 80리터 사나흘에 한 번씩 두 달 동안 물을 길어오며, 최소한의 물 사용으로 보낸 시간은 도시의 펑펑 쓰는 수돗물 값에 비하면 어마어마하게 많은 비용을 지불한 셈이지만, 고단한 시간을 보내며 마음 깊이 새겨진 '감사의 마음'은 돈을 주고도 살 수 없는 '깊은 은혜'와 마주한 시간이었다.

이제, 곧 '우물 공사'를 하게 될 것이다.

겨우내 긴 기다림은 내게 많은 가르침을 주었다.

세상에는 공짜로 얻어지는 것은 없다. '긴 겨울' '물'은 내게 '실천'으로 많은 일깨움을 주었다.

- 세수하지 않고 살아보는 법
- 적은 찬으로 살아보는 법
- 적은 양의 물로 설거지 하는 법

• 힘겹게 얻어 온 물을 소중히 여기는 법

세탁물을 줄이는 법은 겉옷은 먼지를 털어 햇볕에 널어 말려 다시 입는다.

봄비를 맞으며 작은 설레임이 일어나는 것은 우리 안에 언제나 '희망의 씨앗'이 움이 트기를 기다린다는 것이다.

누군가 문을 두드린다.
"스님, 물 나옵니다!"

봄비는 소식이었다. 물이 흐른다는 소식이었다. 이제, 꽃눈이 트고 풀이 돋고 새로운 봄이 활짝 열릴 것이다.

음식을 대할 때 드리는 '감사의 게송'을 적어 보는 것으로 음으로 양으로 살펴 주신 도반님들께 감사를 대신하고자 한다.

공양게

이 음식이
어디서 왔는가?

내 덕행으로는
받기가 부끄럽네.

한 방울의 물에도
천지의 은혜가 스며 있고

한 톨의 곡식에도
만인의 노고가 깃들었으니

마음의 온갖 욕심 버리고
몸을 고치는 약으로 알아

깨달음을 이루고자
이 공양을 받습니다.

한 달 내내 절 밖으로 소식을 전하지 않았다.
동안거 기간이어서 그랬을까?
봄비로 쑥쑥 자라는 나무들 이야기로
이달 이야기를 시작한다.

저들 나무들처럼
푸르른 봄

빗소리가 들린다.

초저녁 일찍 자리에 들어 빗소리에 깨어나 한참을 앉아 있다.

비 오시는 소리를 듣는다. 창문을 열고 하늘을 만져 보지 않아도 지붕에 떨어지는 빗소리만 듣고도, 봄 비 오시는 소리에 작은 설레임이 있다.

봄비가 내리면서 풀들이 올라오고 꽃망울이 터지고 새순이 돋는 봄은, 비가 한 번 오실 때마다 하루가 달라지게 성큼 다가서는 봄을 만날 수 있는 반가운 봄비다. 겨우내 얼음 속에서 나의 근육과 뼈들은 경직되어 있었던 듯, 정월보름을 마치고 며칠 몸살을 심하게 앓았다. 엄밀히 말하면 꾀병이다.

동안거 해제일 해제일解制日인 보름을 마치고 나면, 어린아이들이 방학을 맞이하듯, 나도 한꺼번에 모든 긴장이 풀린다.

1년에 두 번은 늑장을 부리는 아침이 있다.

바로, 동안거 해제일인 정월보름 다음날과 백중일 다음날이다. 초저녁에 자리에 들어 푹 자고 나서 깨어나 밤새도록 영화를 실컷 보는 것이다. 어떤 것에도 마음을 두지 않고, 어떤 것에도 매이지 않는 완전한 해방감을 만끽하는 것이다.

하루 종일 뒹굴 거리고 물만 마시고 쉬는 것이다. 그렇게 쉬다가 시장기가 생기고 음식이 당기면 일어나 새로운 시작을 하는 것이다. 대단히 좋은 휴식이다.

좋았던 일이든, 언짢았던 일이든 완전히 지우기로 한다. 완전히 방전시키고 배터리를 교체하듯이 새날을 맞이하기로 한다. 그런 면에서, 해제일은 내게는 매우 특별한 회향의 시간이기도 한 것이다.

사람이 살아가는 일은, 긴장의 연속이다. 자기 직분에 충실하는 일은 긴장을 요하는 일이다. 살아간다는 것은 직업군이 요하는 책무와 함께, 자기 자신을 조망하는 인생 노선의 구도를 응시하는 일이다.

그것이 긴장이다. 스스로 선택한 권리와 의무를 다하기 위하여 필요로 하는 힘을 집중을 통해 모으는 것이다. 만들어진 에너지는 사용하지 않으면 노폐물이 되어 다른 형태로 발전한다.

겨울이 지나고 여기저기 아프고 쑤시고 근육이 굳어졌다는 것은, 게으른 겨울을 보냈다는 증거이기도 하다. 물론 날씨도 유독 추웠고, 무엇보다 물이 얼어붙은 삼동은 재미지게 살기에는 너무나 기분이 나지 않았다. 나이 탓을 하기에는 미안한 일이다. 게으르게 지내고 난 후의 당연한 결과로 마음과 몸이 굳어 버렸던 것이다.

봄이 오면서 나도 근육이 풀리고 쑤시던 뼈마디도 한결 부드럽다.

차분하게 내리는 봄비, 폐부 속으로 훅 들어오는 흙냄새.

완연한 봄이다.

흙이 부드러워지듯 나의 굳은살이 풀리고 나무에 물이 오르듯이 나의 혈관들이 열리고, 잎이 돋아나듯이 새로운 계획이 일어나고, 꽃이 피어나듯이 미소를 짓게 하는 봄.

그런 봄을 서둘러 오도록 만드는 반가운 봄비다.

나의 게을렀던 겨울을 돌아보며 하고 싶은 한 마디의 말이 있다.

"인연을 소중히 여기라."

우리가 함께 하고 있는 인연으로 서로 부대끼며 그 속에서 무엇인가 만들어지고 발전해나가는 것이 우리의 삶이다. 때로는 그로 인해 파생되는 여러 가지 복잡하고 불편한 일상들이 일어나기도 하지만, 우리는 서로 대상을 통해 상생한다는 것이다.

고민거리는 바로 삶이다. 고민거리는 문제이며 숙제는 그 문제를 해결하려는 노력이다. 즉, 문제를 해결하려는 것이 삶이다. 그러므로, 인생은 숙제를 하는 시간이다. 숙제가 없으면 삶이 없는 것이다. 고민거리가 있기 때문에 삶이 이어지는 것이다.

무엇인가 하려고 하는 힘을 내는 것, 그 '힘'을 만들게 하는 것은 '문제의 고민'을 두려워하지 않고 피하려 하지 않을 때, '힘'을 만들 수 있다는 것이다. 나를 힘들게 하는 가족이나 이웃, 주변의 상황들이 없다면, 우리는 아무것도 하려 들지 않을 것이다.

무엇인가 할 일을 찾아보라.
그 일은 우리와 가장 가까운 곳에 있다.

하루 종일 보이지 않던 고양이가 다가와 몸을 부빈다.
고양이와 나는 눈을 깜박이며 서로 친밀감을 나눈다.
고양이와 강아지 사료를 담으러 창고에 가는 일, 날이 새면

감나무 아래 큰 강아지 '용수'를 매어둔다. 작은 강아지 '해탈이'는 밭 끝자락 주목 나무에 매어두러 걸어가는 일상의 일들이 있어, 걷게 하고 움직이게 하는 사소한 일상들이 있어 '일거리'가 있는 것이다. 그 사소한 '일거리'가 빈 하늘에 그림을 그리듯이 채워지는 하루의 일과인 것을 생각하면, 내게서 가장 가까이 있는 말 못하는 강아지 고양이들이 얼마나 고마운지 모른다.

냉이를 캐면, 냉이를 다듬어야 하고, 여러 번 씻어야 나물로 만들 수 있다. 그런 평범한 일상들이 우리의 삶이다. 몸을 움직일 수 있다는 것은 너무나 고맙고 감사한 일이다.

스스로 먹을 음식을 준비하고, 세탁을 하고, 청소를 하는 평범한 일상들이지만 그 순간은 우리가 살아있기에 가능한 일이다.

나무들이 봄맞이꽃을 터트리기 위해 부지런히 땅속의 물을 당기고 있을 지금, 나는 벌써 꽃망울 터지는 소리를 듣고 싶어 한다.

봄은 이렇듯, 기재개를 펴고 모두가 열심히 일을 한다. 곧,

폭죽이 터지듯 꽃망울들이 하나 둘, 꽃잎을 열고 만개한 봄을 만끽할 것이다. 나무들이 팔을 벌려 하늘을 향해 키를 세우듯이 우리도 마음껏 팔을 높이 세워 가득한 봄을 맞이하자!

우리도 봄을 가득히 안고 푸르게 자라자.

풍경 소리는
숲의 고요를 말한다

봄엔, 바람이 몹시 분다. 고요하던 아침이 지나 햇살이 퍼지고, 한 낮이 지난 오후가 되면 잠잠하던 숲에 바람이 인다.

뎅그렁 뎅뎅 뎅
데뎅그렁 데데뎅 뎅뎅

그에 맞추어 공양간 앞에 비도 피하고 햇볕도 가리려 쳐둔 차양막이 너훌너훌 춤을 춘다.

너-훌 너-훌 너너-훌

때로는 풍경소리와 차양막이 합창을 하기도 한다.

혼자 있는 산은 혼자가 아니다.

말을 뱉지 않으면 귀가 밝아진다는 것을 어느 쯤엔가 알게 되었다.

딱히 말을 주고받을 사람이 없는 산은, 숲속의 소리와 냄새, 그리고, 나무와 풀들과 발길에 닿는 돌멩이들까지도 친근해지는 쪽으로 우리의 오감이 향하게 되는 것이리라.

요즘은 전화기 한 대로 티브이도 보고 세상 돌아가는 모습을 모두 접할 수가 있다. 처음 산에 들었을 때 티브이도 없고 전파를 받지 못해서 라디오도 들을 수 없었다. 인터넷도 되지 않았고, 그야말로 모든 것이 끊어진 첩첩한 골짜기였다.

나는 이곳에서 인간이면서 인간이 아니기를 꿈꾸었던 것 같다.

세상살이에서 사람과 사람끼리는 미묘한 질량의 함수관계가 숨어 있다. 그 질량의 불균형은 마찰이 일어나고, 불상사가 생기는 건 당연한 일이다. 각자의 질량이 깊어지면 그런 사소한 것들을 수용하는 포용이 생긴다.

인간과 인간끼리의 대면에서 서로의 살을 긋는 것은 무엇 때문일까?

나는 그런 것들이 '동물의 세계와 다를 바 없지 않은가'라는 허탈감에 오래 붙잡혀 있었다. 옳다고 믿는 것에 대한 가치가 부서지는 것에 대한 두려움을 더 이상 갖고 싶지 않았었다.

그래서, 아마 탈脫인간을 꿈꾸었던 것인지도 모른다.

그렇다면 내 안의 무엇이 그것들을 기피하게 되었던 것일까?

나는 처음부터 스스로를 고귀하다고 믿었던 것 같다. 그것이 확신 없는 자기 만족에 불과한 것인가? 스스로를 알고 싶어졌다.

'소중하고 고귀한 가치'를 부수지 않는 삶은 어떤 것인가? 어떻게 살아가면 내가 믿는 가치에 대해 확신을 가질 수 있을까? 그것에 대한 믿음을 확신하는 삶이라면 나는 어디든 다가설 용기로 큰 결심을 가지고 출가를 감행했고, 그 출가에 대한 결심에서 벗어나지 않기 위해 산이라는 거대한 휴식에 스스로를 가둘 결심을 했던 것이다.

산이 나를 받아 주었던 것이다.

어머니 텃밭을 가꾸시던 먼 기억을 더듬어, 씨앗을 뿌려보고 김을 매면서 흙이 주는 훈훈한 질감이 나를 편안하게 해 주었다. 그 흙의 감촉에서 나는 안도하게 되었다.

어째서 흙을 만지면 마음이 푸근해지는 것일까?

스스로 물어보게 되었다.

"맞아…."

사람의 인체 성분이 지수화풍으로 빚어졌고, 죽으면 한 줌 흙이 되니 흙이 고향 아닌가? 라는 매우 일차원적인 해석으로 흙에서 주는 안도감을 받아들이니, 산은 내게 차츰 친근해지기 시작했다.

풍경은 바람이 불어야 소리가 난다.

나무도 흔들리는 것은 바람이 불기 때문이다.

풍경이 우는 것은 바람이 불기 때문이다.

나무가 소리를 내는 것은 바람이 불기 때문이다.

사람도 소리를 낸다.

바람처럼 소리를 낼 때가 있다. 표정으로 몸짓으로 말소리로.

그 소리가 너무 거세어, 내 앞의 사람이 저 풍경소리처럼 크게 놀라 떨게 하지는 않았는지…. 사람은 소리에서 독이 나올 수도 있지만, 풍경소리는 고즈넉한 산을 더욱 고요하게 한다.

바람이 꽃씨를 뿌려 준다.

사람의 입에서 독이 나오지 않는 길

오직 금구성언金口聖言의 진음이 묘음이 될 수 있는 길

그것은 '아견我見'이라는 '자기 시야'가 얼마나 위험한 착시인가를 아는 길이다. 자기 시야는 나와 남을 분별하고 나와 다르다는 것에 대해 경시하는 마음에서 비롯되는 관념적 시각의 착시다.

바르게 바라본다는 것, 바르게 본다는 것은 본성의 눈길로 바라보는 것을 말한다. 삿된 견해를 일으킨 마음으로 대상을 바라보지 않는 것을 말한다.

　바람이 부니 풍경이 노래한다

　바람이 부니 꽃씨가 흩날린다

　곧 이어 지천으로 꽃들이 만개 할 것이다

　이 봄 천상만화의 봄이 열리고 있다

　그리고, 천상낙화의 묘음에 금구성언의 진음이

　풍경 소리에 실려 울려 퍼지리라

　하늘 닿은 곳 그 너머 더 먼 곳에도

　다시금 바람이 인다.

　휘리리릭 휘-익 휘

　뎅그렁 뎅뎅 뎅

　데뎅그렁 데데뎅 뎅뎅

　너-훌 너-훌 너너-훌

전화기 너머 내 목소리가
활기차다는 분이 있다. 왜일까?
온 산에 꽃이며 풀이며 나무들이
저마다 생명의 화려함을 뽐내고 있으니
힘이 날 수밖에.

나물 먹고 물마시자
꽃이 피네

봄이 오면 하루가 다르게 매일 새로운 모습이 되어가는 산은 즐거움의 연속이다.

냉이며 달래를 캐서 반찬을 만들어 먹어도, 다음날이면 또 더 많이 돋아나 자라 있다. 밭을 일구고 꽃을 심고 나무를 심는 일상들은 미처 식물들이 자라는 속도를 나의 일손이 붙잡지 못한다.

여기저기서 불그스름한 냉이들이 올라와 있다. 냉이는 잎이 푸른색이 되기 전에 가장 맛이 좋다. 향기도 진하다. 뿌리가 통통하게 살이 올라 달큰한 맛이 묵은 된장을 풀어 국을 끓이면 그야말로 맛이 일품이다. 한 소쿠리 가득 캐오면 아침 국을 한솥 끓여 먹고 나서, 밀가루로 수제비 반죽을 해놓았다가 점심때 수제비를 끓여 먹는다.

쑥을 넣은 수제비국은, 차지게 반죽을 해서 끓는 물에 집 간장으로 간을 하고, 반죽을 손으로 떼어 끓이는 것이 쫄깃쫄깃하고 국물도 맑고 깔끔하게 즐길 수 있다. 하지만, 냉이를 넣어 된장을 풀어 끓이는 '냉이 된장국 수제비'는 물 반죽을 해서 나무 주걱으로 반죽을 툭 툭 쳐서 넣어 부드럽게 끓이는 것이 된장국과 어우러져 부드럽고 매끄러운 맛의 풍미가 있는 '나물국 수제비'를 즐길 수 있다.

냉잇국을 두어 번 끓여 먹고 며칠이 지나면 냉이가 푸른색을 띠기 시작한다. 이쯤에 올라오는 냉이는 나물로 만들어 먹기 딱 좋은 시기이다. 일주일 정도면 꽃대가 올라오기 때문에 그리 긴 기간이 아니다. 나물로 만들어 먹는 며칠이 지나고 나면 뿌리가 약간 질겨지기 시작한다.

냉이를 잘 씻어 펄펄 끓는 물에 소금을 약간 넣고 휘 휘 저어, 얼른 건져 찬물에 헹구어 푸른색을 살리고 나물도 부드러워졌을 때 요리를 하면, 냉동으로 보관을 해도 좋고, 튀김이나 전을 해먹기 딱 좋다. 야생으로 올라오는 씀바귀나 고들빼기 달래 냉이 등은 흙이나 모래가 많이 묻어 있어 씻는 일이 가장 큰 일이다.

찬물로 오래 일을 하면, 감기에 걸리기 십상이다. 장갑을 끼지 않으면 오한이 들기도 한다.

냉잇국을 먹고 나면 기운이 솟는다. 겨우내 움츠려들었던 몸이 활기를 찾는다.

그 다음 차례는 고들빼기와 쏙새 나물이다. 쓴 나물을 좋아하는 나로서는 봄에 가장 원기를 돋는 나물이다. 역시, 소금물에 잠깐 데쳐서 고추장과 식초로 간을 맞추면 튼실하게 살이 오른 나물의 뿌리가 쌉싸름하고 고소하다. 고들빼기를 먹고 나면, 이제 봄을 살아갈 수 있는 준비가 된 셈이다. 기운이 솟는다.

이번엔, 벌써 부추가 올라오고 있다. 부추는 잘 씻어 간장과 참기름 통깨만 넣고 살살 버무려 생으로 먹거나, 부침개를 부치면 점심 한 끼가 거뜬하다.

몸이 지치면 의욕도 일어나지 않는다.

겨울을 지난 이른 봄은 내게서 일 년 중, 가장 몸 상태가 원활하지 않은 시기여서 조심해서 지낸다. 한 걸음 한 걸음, 걸음마를 하듯이 2~3월을 보내고 나면 4월이 되고, 여기저기서 꽃이 피면 나도 활짝 개화를 하듯이 봄을 즐긴다.

자연이 주는 호사를 마음껏 누리는 나의 삶에 감사의 마음이 더욱 짙어진다.

아침이 되면 또 다른 모습으로 달라져 있는 산이다.

산은 정말 밤새도록 일을 하고 있다. 나도 잠 속에서도 멈추지 않고 나아가리라!

산이 나를 다독이고 산이 나를 일으켜 세우고 산이 나를 살게 한다.

농부는 씨를 뿌리고 가꾸고 정성을 들여, 가을에 결실을 거둔다. 모든 삶은 이와 같다. 농사를 짓는 것과 같다. 봄이 오면 여름이 오고, 여름이 지나면 가을이 오고 겨울이 된다. 구름은 비가 되고 빗물이 강물이 되고 바다로 가듯이.

척박한 땅은 오랜 시간 거름이 쌓여, 토양이 비옥해져야 식물이 잘 자란다. 씨앗은 각각의 토질에 따라, 뿌리를 내리고 자라기도 하고, 토질이나 기후가 맞지 않으면 자라지 못한다. 우리네 인간도 자신이 갖고 있는 자질과 향상 능력에 따라 자신에게 맞는 조건을 선택하여, 직업을 찾고, 스스로를 가꾸어 나간다.

그렇다면, 무엇보다 자기 자신을 잘 알아야 한다. 자신이 갖고 있는 바탕을 잘 알고, 바탕 안에 자질을 스스로 향상시켜 나가는 세밀한 분석을 스스로 찾는 일이 현명하다는 결론이 나온다.

'자질 향상'을 위해서는 지도자가 필요하다. 그 지도자는 가족에서는 형이나 누나, 아버지 어머니, 집안 어른이 되고, 사회에서는 이웃 어른이 되며, 구체화된 조직으로 형성된 것이 학교, 강습소, 학원, 대학, 문화대학 등으로 연결될 것이다.

그 '자질 향상'을 위한 원동력은 가장 기본적으로 '가족 환경'이 될 것이며, 그 가족 환경이 '사회 환경'으로 연결된다. '환경'이란 '토양'과 같을 것이다. 척박한 땅이 기름진 땅이 되기까지 농부는 무진한 노력을 한다. 비단, 농사를 짓는 일 뿐만이 아니라, 모든 기술 또한 농부의 고단한 일손만큼이나 오랜 시간의 습득과 연마를 통해, 뛰어난 능력으로 거듭난다. '거듭난다'는 것은 생명력의 가동력이 순기능을 할 수 있는 시기를 말한다.

그렇다면, 농사에서는 이 '바탕'이 되는 '토양'과 '기후' 등의 '자연 환경'은 '조건'이 될 것이며, '농부의 정성'인 '가꾸기'는 '씨앗'이 잘 자랄 수 있는 '바탕의 질'을 향상 시키는 '사회 환경'이 될 것이다. '환경'과 '조건'의 조화로움이 이루어질 때, 원인이 되는 '씨앗'이 뿌리를 내리게 된다.

'원인'이 없으면 '결과' 또한 없다. '씨앗'은 원인이며 '결과'로 가는 '조건'과 '계합'이 되어 '환경'안에 자리를 튼다.

'흙'은 무엇인가 품을 준비를 언제나 하고 있다. 바람이 불

때, 풀씨가 날아와 그 땅에 앉는다. 그 풀씨는 나기도 하고 썩어 사라지기도 한다. 돋아나도 시름시름 자라다가 큰 풀에 감기어 일찍 생을 마감하기도 한다. 더러는 밟히기도, 밭이랑에 앉으면 농부의 선택권 안에서 뽑혀 이랑 밖으로 던져지기도 한다.

인간의 일생 또한 풀 한 포기와 다를 것이 어디에 있겠는가?
'출세'란 '조건'과 '환경'에 따른 '등장'이다. 여기서 '등장'이라는 단어를 유심히 바라보자. '등장'은 연극에서 '등장인물'은 제작 시에 '작가'와 '연출자' 등 '제작 의도'에 걸맞는 배우를 찾아 역할을 맡기게 되는데, 무엇보다 역할을 맞는 당사자인 '배우' 자신이 참여 의사가 있어야 '배역'을 맞게 된다.

'풀씨'는 '어디서 와서 어디로 가는가?'를 알고 있는가?
이 문장은 어리석은 질문 같지만, 우리에게 많은 시사를 주는 문장이다. "우리는 어디에서 와서 어디로 가는가?" 이는 루 살로메의 저서 제목이기도 하다.

당신은 어디에서 와서 어디로 가십니까?

지금 당신은 어디에 계십니까?
잘 가시고 계신 겁니까?
가시는 곳이 어디십니까?

우리는 누구나 '풀포기'이며, '농부의 손'을 가지고 있으며, 스스로 배역을 맡는 '주인공'이다.

며칠 째, 벚나무에 꽃이 만개를 하고, 매화도 꽃이 피고, 흰 꽃 산복숭아, 분홍 꽃 산복숭아, 금낭화도 연이어 핀다. 온통 축제다. 딱따구리는 두 달째 매일같이 집을 짓는다.

딱 딱, 또르륵 딱….
목탁 치는 소리처럼 들리기도 한다.
딱. 딱. 딱!
마치 산 속 어디선가 노승께서 주장자로 바위를 울리시는 듯
딱!
딱!
딱!

지난 3개월 동안

연엽산, 전남 보성 몽중산 화엄정사,

서울 등지에서 일과 수행과 봉사를 하다가

연엽산 산지기로 다시 되돌아왔다.

풀을 깎으며

'그대와 나, 그리고 우리'를 생각했다

수많은 아름다운 노래에는 '그대'와 '나'가 있다.

'그대'를 부르는 수많은 그대들은, 오직 '자기'와 '그대'만의 직통 회선으로 통신한다.

지금은 수많은 사람들과 교신하고 통신하는 시대이다.

어쩌면 사랑하는 연인들 이상으로 사회적 관계에서 소통의 밀도는 높아져 있다. 어쩌면 지금 시대는 발달된 통신수단으로 다중의 사람과 교감하며 소통하고, 공감하는 사회적 관계에의 소통으로, 이성간의 사랑에의 갈증이 옮겨간 듯한 시대에 살고 있는 것은 아닌가 하는 느낌이 든다. 이것은 나의 개인적 견해일지도 모르지만, 왠지 '사랑의 밀도'라는 단어를 떠올리게 되는 것은 무슨 일일까?

오늘은 산으로 오르는 오르막길 풀을 깎는 날이다.

도시에 사는 후배 한 사람이 모처럼 와서 함께 풀 깎는 봉사를 했다. 깔끔하게 정리된 길과 처소 근처의 밭둑을 바라보며, 나무와 나무의 거리가 시원하고, 길도 훤히 드러난 토굴 주변을 바라보며, '거리'라는 단어를 떠올리게 되었다.

'거리'가 생겨 집도 잘 보이고 나무도 잘 보이고 길도 잘 보이니, 정리가 되고 깔끔하고, 산 주변의 풍경이 보기가 훨씬 좋다는 것을 풀을 정리할 때마다 느끼게 된다.

기계로 풀을 정리하다 보면, 길가에 있는 야생화라든가, 꽃을 남겨두고 풀을 베어달라고 주문을 하기는 어렵다.

이 산에 와서 예닐곱 해까지는 거의 혼자서 풀을 정리하는 일을 했던 것 같다. 어쩌다 시기를 놓쳐 품을 얻을 때는 손으로 정리할 수 없는 상황이었다. 다른 암자에 소임을 보러 가거나 하면 며칠 만에도 풀은 훌쩍 자란다.

잡초들은 비를 맞으며 키가 가장 많이 큰다.
풀을 제때 정리를 하지 못하면, 나중에는 감당하기가 어려워진다. 풀이 무성해지면 덩굴이나 그늘에 벌들이 집을 짓기 때문이다.

처소 주변의 '풀들과의 전쟁'이나 마찬가지인 5월부터 9월까지의 시간은 정말 눈 코 뜰 새 없이 지냈던 것 같다.
겨우, 걸어 다니는 길 정도만 풀을 정리하고, 겨울에도 빼꼼하게 위채와 아래채 가는 길, 해우소 가는 길만 눈을 치우는 것으로 게으른 산중살이를 하게 되는데, 나는 대단히 스스로 만족해하고 있다.

풀을 정리하는 것이나 눈을 치우는 것
되도록 있는 그대로 두고 사는 것
둘 다, '나를 위한 일이다.

풀 한포기를 뽑을 때, 풀이 통증을 느낄 것 같은 생각이 든 것은 아주 오래전부터다. 풀 한 포기를 뽑아낼 때, 힘을 주어 잡아 당겨서일까? 아니면, 풀이 아프다고 몸부림을 쳤기 때문일까? 봄부터 가을이 지나가는 동안, 아침이면 손가락이 뻣뻣하여 한참을 움직이면 풀리던 것이 지금은 낮에도 마찬가지이다.

'시간'도 '거리'가 아니겠는가?

사람과 사람 사이에도 '거리'가 있고 어제와 오늘 사이에도 '거리'가 있다. 공간적 시간적 개념은 '관념적'인 지극히 주관적인 '셈'이 들어 있다. '공간'이나 '시간'은 내가 그것을 바라볼 때 '시간'적 개념과 '공간'적 개념이 함께 성립이 된다.

그렇다면 '관념'을 떠난 '시간'이나 '공간'은 어쩌면 '자기'와는 무관한 것이 아니겠는가? 이 시점에서 분명 반드시 짚고 넘어가야 한다. '나'가 인식하고 받아들이는 '관계설정' 안에서 '시간'이나 '공간'의 개념이 성립된다.

오늘 깔끔하게 정리된 풀들이 '거리'를 성립시켜 주었다. 길과 작은 꽃나무며 웃자란 나무들의 자태를 확연히 드러나게 해주었다.

이 명백한 사실 앞에서, 그들 각각의 뚜렷한 자태를 드러나게 해 준 '거리'에 '베어진 풀들과 나무의 실뿌리'들이 있었다는 것이다.

그렇다면 인간의 언어로 그들의 '죽음'으로 말미암은 '거리'가, 어째서 '아름다운 시각'으로 다가서는가에 대한 자연스런 물음을 자신에게 던진 '바라보는 자'는 '자기 자신'이란 말인가?

다시, 풀을 깎는 이야기로 돌아가 보자.

나는 농사도 지을 줄 몰랐던 사람이다. 기계를 다룰 줄도 몰랐던 사람이다. 오로지 손으로, 낫으로, 호미를 들고 보잘것없는 밭을 만들고, 풀을 정리하고 풀 섶의 모기들에게 덜 뜯기는 시간을 알게 되었다. 삼복더위에 낮에는 일하지 않고 안에서 할 일을 하거나, 아예 책을 멀리하고 일상 속에서 일어나는 '번뇌'를 유심히 관찰하는 '무위도식'에 나를 밀어 넣었던 것이다.

일하지 않고 먹는 것을 도둑이라 했는가?

사람들은 참 바쁘게 산다.

왜 바쁘게 사는가? 무엇 때문에 바쁜 것인가? 결론부터 말하면 바쁜 이유를 알면 절대로 바쁘게 사는 것이 아니다. 우리가 어떤 일을 할 때, 자기가 하는 일, 자기가 하는 생각의 '원인'을 바로 알면, 절대로 바쁘지 않다.

우리는 어떤 일을 할 때, '요지'와는 다른 이유와 주변 상황으로 인해 참으로 많은 시간들을 허비한다. 대부분의 우리들은 '허비하는 시간'을 허비하는 줄을 모른다.

'허비하는 시간'은 '거리'가 되지 못한다.

깨어 있어야 하늘을 보고 별을 본다. 말하자면 '거리'는 '잠들지 않은 시간', '깨어 있는 나'와 '하늘과의 거리' 안에 '별'이 존재한다는 것이다.

나는 오늘 '거리'가 참으로 위대하다는 생각을 했다.

여백이라고도 하는데, 시에서는 '행간'의 의미이기도 하다. 화자話者가 설명하지 않아도 문장과 문장 사이의 '독자'가 갖는 '공간'이다. 그것은 인위적이고 작위적이지 않은 위대한

'공간'이다. 그것은 말을 빌려 온 '시인'의 계획적 구도 안에서 탄생되지 않는다.

그렇다면 어디에서 오는 공간인가?

바로 '비롯'을 바라보는 원시적인 자연에 자신을 맡겨버린 순진한 영혼에게 주는 무형의 울림이라는 것이다. 문장과 문장, 단어와 단어로 이루어지는 노랫말들. 그 토설吐說되어진 '말'로써, 우리의 미흡한 언어를 칭찬할 수 있겠는가?

나는 스스로 반문할 뿐이다.

'그대'와 '나' 사이에 강이 흐른다.

그 강을 미워하지 말자.

그대로 흐르게 두자.

'은하수 강'을 건너면 '그대'와 '나'는 영원히 사라진다.

시인이여!

'시'와 '시인'에게 '거리'가 있다.

'나'와 '나' 사이에도 거리가 있다.

그 '거리'는 위대하다. '관념적'이지만, 공간적이고, 공간적이지만 시간적이고, 그 '거리'의 부피는 제한적이지 않다는 것이다. 그 공간의 흐름은 고요하고 고요한- '영원'의 -푸른 연못이다.

'시'를 주는 건 '시'도 아니고 '시인'도 아니다. '시'에게로 흐르는, '시'와 '시인' 사이에 수많은 작은 별들이 모여서 '그대'라는 이름으로, '나'라는 이름으로, 결코 사랑이라 말하지 않는 '아름다운 강'이 흐르고 있다.

그것이 바로 '우리들의 강'이다. '은하수 강'이다.

'그대' 그리고, '나'
우리!

이 산의 주인은
누구인가?

봄이 사나흘 머물렀나 싶더니, 두서너 번 내린 봄비에 이내 여름날씨로 접어들며 산은 꽃들이 만개했다. 민들레, 산철쭉, 산 복숭아, 찔레꽃, 산딸기 꽃, 금낭화, 제비꽃, 애기똥풀, 작약, 산 매화, 보라 꽃 지칭개, 엉겅퀴 자주 꽃, 달개비꽃…. 그리고 벌써 달맞이꽃도 핀다.

꽃이 떨어진 나무들은 하루가 다르게 연록의 잎들이 매일 돋고 먼저 돋은 잎들은 푸르름이 짙어간다.

나도 싱그러워진다. 하루 종일 개운하고 움직여도 피곤하지 않다. 요즘은 이리저리 바깥바람을 쐬다보니 불가피하게 나들이를 하게 되지만, 한 이틀 지나면 산으로 돌아오고 싶어 좀이 쑤신다. 지난 해, 자동차를 보내 온 지인 덕택에 가방을 메고 혁혁 숨이 턱에 닿도록 언덕을 오르던 일은 이제 옛일이 되었다. 지금은 산길이 제법 길이 되었다. 일 년에 두어 번 포크레인으로 길도 다지고, 돌을 주어내면서 자동차도 오르내리기 수월해졌다.

처음엔 나들이를 하는 일이 내게는 큰 행사나 다름없었다.

길은 울퉁불퉁하고 삽이나 곡괭이로 길을 다듬어도 비 한 번 오고나면 다시 골이 지고 도무지 택시를 타고도 미안해서 산까지 올라가자는 말을 하기가 어려웠다. 면소재지에서 산 입구까지 택시를 타고 나무아래 손수레를 묶어두고 등짐을 지고 수레로 끌면서 생필품을 나르고 살았다. 그러니, 부득이한 일이 아니고는 산을 내려가는 일이 나로서는 여간 부담이 가는 일이 아니었다. 사정을 모르는 도반들은 얼굴 않 내보인다고 핀잔 아닌 핀잔을 주기도 했지만, 공부를 하는 일도 아니고 만나서 희희낙락 하는 일은 시간과 경비를 쓰면서까지 할 일은 아니라는 결론을 내렸다.

사람은 때에 따라서는 단호해져야 한다는 결심이 선 것도 그 때문이다. 아는 인연들을 전부 꾸리고 관리하면서 사는 일은 엄밀히 말하면 '자기 삶'을 사는 것이 아니다. 불필요한 대화가 길어지면 자신도 모르는 사이에 서로의 물이 드는 건 부정할 수 없는 사실이다.

수행자는 어떤 면에서는 대단히 냉정해야 한다. 냉정하지 않고는 아무것도 할 수 없다. 사회에서는 서로 주고받는 인연 속에서 이해득실을 가져오지만, 공부 길에서는 단호해지지 않으면 안된다. 서로 발전이 되고 향기로운 만남이 되기는커녕 불필요한 일들이 일어나고 부산해지는 것이다. 진정한 수행자라면 상대의 공부 길에 방해를 주는 일도 해서는 안된다. 결국 '도반'은 수행에 있어 탁마 그 이상도 그 이하도 아니라는 것이다. 그리고, 어떤 인연이라도 지향점이 다르면 결국 갈라서게 되어 있다.

사람과 사람끼리는 좋은 점만 보려 해야지 허물을 보려고 하면 관계는 무너지게 된다. 이 말 저 말 하다 보면 말은 옮겨지고 결국 그 모임 자체는 와해된다. 사람이 냉정해지지 못하는 건 소외되고 낙오된다는 두려움 때문이기도 하다. 그러나 강을 건널 때, 배 하나에 모두를 태우고 강을 건너지는 못한다는 것과 같다.

소통이라는 것은 자주 만나지 않더라도 믿고 신뢰하는 관계에서 형성되는 것이지 팥 알갱이를 실에 꿰듯이 그 사람의 일상을 전부 안다고 내면 깊이 이해하게 되는 것은 아니다. 그러한 점에서 사람과 사람끼리 지나치게 가깝게 다가서려고 하는 것은 자신의 삶을 살아가는 것은 아닐 것이다.

사람은 자기 자신에게 집중해야 멀리 볼 수 있다. 나를 알고 적을 안다는 말도 있듯이, 밖을 보는 것에 치중하는 삶은 자기를 보는 것을 게을리 한다고 할 수 밖에 없다.

종교는 선지식과 성현의 가르침의 토대인 경전을 통해, "자기를 바로 보는 법"을 가르쳐 주는 길이다. 그리고, 노력이 없이 어떤 것도 이루어지지 않는다는 것을 명백히 제시해주는 가르침이다.

수 행 중
상담시간 010.3411.0872
(예약) 오후2시 - 4시

- 심은 대로 거두리라(콩 심은 데 콩 나오고 팥 심은데 팥이 나온다)
- 자업자득(스스로 짓고 스스로 거둔다)

이러한 명백한 진리의 말씀에도 불구하고, 말씀을 깊이 새기지 않고 요행이나 복을 바라고 산다는 것이 얼마나 어리석은 일인가!

어린 시절 부터 병약했던 나는, 병아리 한 마리도 못 키울 사람으로 여겨졌었다. 이 산에서 십여 년의 시간이 흐르게 된 연유는 사실 특별한 것이 아니다. 처음엔 굳은 결심으로 한 십 년 열심히 공부하자는 각오로 삼년을 버텼고, 삼년의 시간 동안 발을 붙이고 살 결심이 설 만큼 안정을 방해하는 여러 가지 상황들은 그치지 않았다. 겨우 삼년의 시간을 버티고도 그만 일어서고 싶은 마음은 굴뚝 같았지만, 나는 견디고 살 수 밖에 달리 방도가 없었다. 동절기에 보시금을 받고 다른 사찰에 가서 일을 봐주기도 한 시간들이 있었지만, 산에서 기르는 강아지 해탈이와 보리를 두고 산을 벗어나는 일이 쉬운 일이 아니었다. 해탈이는 진돗개 아빠와 코카스페녈의 엄마 사이에서 난 용맹하고 씩씩한 수컷이었고, 보리는 해탈이의 2세다.

며칠 산을 비우고 돌아 온 날이면 눈이 퀭한 '보리'…. 무섭고 외로워서 울기도 했는지 눈 밑이 얼룩이 져 있고, 점점 털은 까칠해지고 야위어갔다.

그 작년에 산에서 내려가서 남도 지방에 가서 하우스 농장에 일용직으로 십개월 정도 살았었다. 그 사이 산은 다른 수행자들이 살게 되었는데, 산에 다시 올라와 보니 해탈이가 없어졌다. 기르던 고양이들도 뿔뿔이 흩어지고 보이지 않았다. 해탈이는 저 세상으로 떠났고, 보리는 일 년 가까이 시간이 지났는데도 주인을 알아보고 반가와했다. 보리는 주인과 떨어져 지낸 기억이 진하게 남아있는 듯하다.

다시 돌아온 해 겨울, 자리를 비웠던 탓으로 겨울을 나기가 난감하여 겨울 동안 다시 하우스 농장으로 일을 하러 갔는데, 그 때는 보리를 데리고 갔다.

산으로 다시 돌아오는 길, 휴게소에 음료수를 사러 갔는데 운전하는 양반이 전화가 왔다. 빨리 오시라고…. 승용차 문을 여니 보리가 눈물이 그렁그렁하고 있었다. 좋아하는 간식도 안 먹고 우는 것이었다. 내 덕이 부족하여 하산하며 지내는 동

안, 기르던 강아지들이 얼마나 불안하고 불편했을까를 생각하
니 한 동안 마음이 좋지 않았다.

인생살이가 이렇다.

산이라고 근심이 없고, 종교인이라고 일 안 하고 풍족하고
그런 것은 아니다. 나는 종교인이라는 말을 좋아하지 않는다.
종교인 행세를 좋아하지 않는다. 그냥 '자기를 돌아보며 살려
고 노력하는 사람'이라고 보면 좋겠다. 수행자라는 간단한 말
이 있지만, 나만 특별히 수행하는 것도 아니지 않은가? 세상에
서 '자기를 보며 사는 사람'은 실은 누구나 수행자다. 보다가
안 보다가 하니 수행이 힘을 받지 못하는 것일 뿐이다. 늘 깨
어서 자신을 파수꾼처럼 지키는 것, 이것이 수행이다. 수행에
힘이 생기면 필요한 것은 생기는 법이다.

어떠한 식물도 씨앗이 썩어야 싹이 나오고, 잎이 자라고 가
지가 세워지고 열매를 맺듯이, 수행은 수행의 열매는 세세생
생 거듭 닦아 온 힘이, 인연이 되어야 드러나는 것이고, 드러
남과 드러나지 않음의 차이 또한 없다. 그러니, 삶의 풍족함과
빈곤함은 수행력과는 무관하다고 보면 좋을 것이다.

머리 깎고 살면서, 대중살이의 장점도 있지만, 선정에 집중할 시간이 많지 않다는 것이 내가 지향하는 공부의 방향을 지키기 어렵다는 것을 깨닫게 된 이유가 어쩌면 가장 크다면 크다고도 할 것이다.

나는 대중살이의 규칙적인 생활방식도 어느 정도는 필요하다고 보지만, 그러한 삶은 지도자로서 대중을 이끌어가는 위치에 있거나 자기 단속의 습관이 배는 시간까지는 필요하다고 본다. 승가에서는 그것을 '중물을 들인다'고 한다. 같이 모여 살기 위해서는 물을 들이는 것이 맞기도 하겠다만, 나는 그 물 들인다는 말도 썩 좋아하지 않는다.

단체는 단체가 원하는 규칙이 있다. 그것을 지키는 것이 마땅하지만 똑같은 정형화된 모습을 만들어내기 위해 물을 들이는 것은 옳지 않다. 독재와 다를 바 없지 않은가? 무조건 조아리고 무조건 반대의견을 제시하지 못하고, 무조건 따르라는 것이 노예를 만드는 것하고 무엇이 다른가?

종교는 월등한 정신을 가르치기 위해 세워진 것이다. 월등한 정신이 규격화된 모습, 판에 찍어 낸 모습으로는 답습에 불과하다. 사고의 영역은 가장 자유로운 정신이다. 월등한 정신은 가장 자유로운 정신을 말한다.

어떠한 구속도 지배도 없는 그 흐름을 바라볼 때, 무한한 자유에 깃들어 함께 움직일 뿐이지 의도는 반드시 장치를 만들어내고 장치는 새로운 집합이며 모여든 것은 다시 나가게 되어 있는 이치이다. 그러므로, 받은 것은 돌려주게 되어 있다. 받기만 하려고 한다고 그것이 계속 되는 것도 아니고 주기만 하려고 한다고 계속 내어줄 수 있는 것도 아니다. 자유라는 것은 그러한 상황들에 결코 붙잡히어 상을 만들어내고 상에 붙잡혀 스스로 걸려드는 불행함으로 들어가지 않는 것을 말한다.

이 산에서 강산이 바뀌는 시간을 보낸 것은 힘든 일을 잘 드러내지 않고 살았던 나의 성격 탓이기도 했지만, 버리지 못한 책 보따리를 들고 다른 곳에 살러가는 것이 엄두가 나지 않았기 때문이기도 하다. 물질적으로 풍요가 있었다면 불가능한 일이다. 척박한 삶을 벗어나고픈 것은 인간의 본능이다.

그러나 보라! 강산이 바뀐다는 것은 나무가 울창해지고 계곡이 깊어져 땅의 모습이 달라지는 것을 말하기도 하지만, 사람의 마음도 강이 산이 되고, 산이 강이 될 수 있다는 것을 말한다는 것을 강산이 바뀐 시간이 되니 스스로 알게 되었다.

산은 그 산이건만 그 산이 아니다
물은 그 물이건만 그 물이 아니다
나무는 그 나무건만 그 나무가 아니다
나도 나이건만 그 전의 내가 아니다

이 산의 주인은 누구인가?

여름

지난여름 대홍수에 연엽산
절집도 큰 피해를 입었다.
가을이 오기 전 길 보수와 채마밭 정리를
마쳐야 하는데 혼자서는 벅차다.

순자 씨,
순자 씨!

나뭇잎들이 무성해지고 있다.

살아 있는 것들은, 푸르른 잎들을 키워내기 전부터 자연이 주는 풍상을 딛고 일어서서 나무들이 무성한 잎들을 키워내듯이, 자연이 자연스러워지기까지 일어나는 삼라만상의 모든 작용들이 만들어내는 거센 바람과 비, 땅들의 꿈틀거림과 벌레들의 움직임 속에서 오늘이 있는 것이 아니겠는가?

연엽산에서 십 년이라는 시간 동안 이야깃거리가 없는 것처럼 숲은 침묵 속에서 푸르르기만 하니, 뉘라 애써 말하지 않는 일들을 굳이 물어볼 이유가 있기나 할까 말이다.

연재 원고 마감이 다가온 줄도 모르고 두 달 여 동안 정신이 없었다. 한 가지 일을 만나게 되면, 까맣게 잊어버리는 나는, 어쩌면 숲이 허락하지 않았다면 도무지 사람들 틈에서 살아나갈 능력이 없는 사람이었는지도 모른다.

숲의 나무들이 무성해지고 칡넝쿨들이 땅에 새 뿌리를 박기 시작하는 6월부터 내게 일찍 다가선 가뭄과 맞서, 내가 가꾸는 채소에 물을 주기 위해 물 초롱을 들고 하루를 시작한다.

언제부터인가 계곡은 물이 적어졌다. 오던 해부터 두어 해는 계곡에 물이 항상 있었다. 삼년 째 여름, 양동이로 두 그릇의 물로 하루를 살았다. 그 다음해부터 점차 물이 적어지더니 계곡은 비가 오지 않으면 물이 없었다. 급한 대로 우물을 이십 미터 정도 파서 지금까지 지내왔는데, 여름이 일찍 다가선 지 지난 5월 하순부터 공양 간 수도꼭지에는 물이 한 방울도 나오지 않았다.

물이 나오지 않으면 일상의 모든 것들이 너무나 불편하다.

삶 자체가 너무나 원시적으로 돌아간다. 세탁기가 있어도 쓸 수가 없고, 몸을 씻는 것부터 음식을 만드는 일까지. 아무것도, 아무것도 할 수 없는 삶 자체가 건조할 뿐이었다.

순자 씨!

내가 그 여인을 "순자 씨!"라고 부르는 이유는 '나의 순자 씨'이기 때문이다. 순자 씨는 칠십이 다 되어가는 과부로, 자그마한 구멍가게를 하며 살아가는 여인이다. 가게에는 간장, 식초, 모기향, 박카스, 파리채, 사이다, 화장지 등, 상점이라고 하기에도 적당한 이름이 아닌, 말 그대로 구멍가게이다.

나는 이 산에서 살면서 세 번 이삿짐을 쌌다. 왜? 본래 이 집은 나의 것이 아니었기 때문이라는 것 정도로 설명을 해둔다.

오늘 네 번째 이삿짐을 정리해놓고 이 글을 쓴다. 물론 다짐을 옮기는 것은 아니다. 그 이유는 '순자 씨'도 한 몫을 한다. 짐을 다 옮기지 못하는 것은 순전히 '순자 씨'와 '순자 씨2' '순자 씨3', 또 그 외 다수의 '영희 씨' '철수 씨'들이 심심

한 마음으로 너무나 가까운 그분들의 마음들을 저버리지 못해, 한 해가 가고 두 해가 가고 십 년이 다 되었다.

올 봄은 4월부터 가물었다. 초파일을 앞두고 물이 끊어질까 봐 조마조마했었으나, 다행히 초파일 행사를 치르고 이틀 후에 물이 끊어졌다.

한 번씩 다른 사찰에 소임을 보러가기도 하고, 문중 스님이 내준 포교원에도 있어 보고, 또 저 남쪽 지방에 내려가서 촌집을 하나 얻어, 하우스 농장에 나가 일을 거들며 지내기도 했다. 암자가 비어 올라오게 되어 다시 일상으로 돌아와 숲이 주는 휴식에 나를 맡기게 되었다.

산에 다시 올라올 때면 '순자 씨'들이 쌀이며 김치며 양념이며 싸들고 올라와 다시 또 '중놀이'를 하며, 숲의 말 없는 이야기를 듣는 것으로 나의 하루하루가 지나갔다. 늙는다는 것도, 걱정거리도, 미래에 대해서도 염두에 두지 않아지는 이곳 산은, 시간과 시간의 거리가 사라지는 미묘한 '산중의 섬'이었던 것이다.

순자 씨는 더덕을 까서 팔기도 하고, 마른고추를 손질해서 고춧가루로 만들어 팔기도 하고, 참깨를 손수 일어 볶아서 팔기도 하고, 참으로 삶을 몸으로 받아내며 사는 씩씩한 여인이다. 당신이 좋아하는 박카스는 파는 것보다 오는 사람마다 뚝 따 "이것 마시고 가" 하며 내어주는 것이 더 많다.

산에 올라올 때도 순자 씨는 박카스 두 박스는 기본이다. 물론, 나도 산에 오는 사람에게 하나씩 내어 준다.

나는 박카스를 잘 마시지 않는다. 편지를 가지고 오는 우체부나 전기 검침을 하러 오는 검침원이나, 등산객이나 어쩌다 부처님께 절하러 오는 불자들이나 다 그분들 몫이다.

그런 순자 씨가 이번에 우물 파는 비용을 내서, 포크레인 기사로 일하는 청년 불자가 포크레인으로 계곡을 파고 물을 가두는 형식으로 해서 물이 나오게 했다.

순자 씨는 내게는 노인이 아니다.

언제나 명랑하고 사람들과 잘 지내고, 자기 직분에 최선을 다하는 그 여인은 '노인'이라는 단어가 어울리지 않는다. 분수에 넘치는 것을 바라지도 않고, 어려운 사람들의 심정을 헤아리며 사는 그 여인을 '과부'라고 홀대하는 사람도 없다.

사람과 사람 사이에서 사람을 멸시하지 않고 사는 것이 '법'다운 삶이고, 그보다 자기 자신을 멸시하지 않는 삶이 먼저라고 하겠다. 자기 자신을 멸시하지 않는 삶이란, 바로 자신의 현재를 정확히 아는 삶일 것이다. 그것이야말로 '법'다운 삶일 것이다.

멸시하는 것보다 멸시하게 하지 않는 것이 더욱 중요하다. '멸시하는 마음'을 갖게 하지 않는 삶은 자기의 일상을 스스로 잘 관리하고, 나아가 대상을 함께 바라보는 삶일 것이다.

수행자가 무엇보다 중요한 것은 '자기를 비추는 것'을 일분 일초라도 놓치지 않으려는 굳은 마음일 것이다. 바른 의도는 '자기를 보는 길'이고 바르지 않은 의도는 '탐욕의 옷'이 두꺼워지는 길이다.

순자 씨와 그들이 선심을 쓰는 것은 '법'을 지키며 사는 사람이라고 믿기 때문일 것이다.

그들의 믿음이 나를 지키게 한다. 나의 믿음이 나를 게으르지 않게 한다. 나의 믿음과 대상의 믿음이 화합을 이룬다. 함께 한 믿음으로 이루어낸 화합은 '공익의 집'을 지어 함께 누리는 '행복의 집'을 짓게 한다.

이 세상에 영원한 것은 없다.

부모 자식 간에 생이별도 하고, 젊은 나이에 저 세상으로 일찍 돌아가는 경우도 있다. 천수를 다 하고 가든, 요절을 하든, 가야 할 길이 우리 앞에 있다. 수행은 어쩌면 우리가 '죽음'을 망각하지 않는 것이다. 차갑고 싸늘한 미래가 우리 앞에 있다는 것을 잊지 않고 사는 것은, '두려움'이 '두려움'을 사라지게 한다는 명징한 교훈이다.

우리는 걸어가고 있다.

잠든 시간에도 걸어가고 있다. 저 어둠을 향해 가고 있다. 무엇을 가지고 갈 것인가?

나도 이제는 '아름다운 순자 씨'와도 이별해야 한다는 결심으로 이 글을 쓴다. 세상에 모든 이들을 "순자 씨"로 부르는 그런 삶이기를 서원하는 마음으로, 영원한 흐름의 한 순간을 혼신의 힘을 다해 피워내는 저들 꽃처럼 말이다.

민들레 씨앗이 날아가 새로운 땅에서 꽃눈을 틔우듯이….

"방귀길 나자
보리양식 떨어진다"

달이 밝다. 달 속에 토끼는 여전히 방아를 찧고 있다.

초저녁 뉴스를 보며, 잠시 쉬다가 깊은 잠에 들었었다. 깨어
보니 자정이 다가오는 시각이다. 자는 줄 모르는 잠에서 깨어
나니, 한밤중에 숲속의 선들바람이 매우 쾌적하여 잠시 서 있
었다.

바람을 느낀다.

나의 옷자락에, 나의 뺨 위에, 나의 어깨에 닿는 바람결을
바람결이 멈추었다. 나를 스치고 지나간 바람결은 이제 느껴

지지 않는다. 나의 몸도 느껴지지 않는다.

다시 달을 바라본다. 아랫녘에 잠시 머물던 거처를 정월 보름 지나고 정리하려는 것을 이제야 끝냈다. 시원하고 후련하다.

코로나19로 인한 사회적 거리유지로 모든 것이 정지된 서너 달의 시간이 생활방역으로 전환되어 이동이 가능할 수 있었다. 누구에게나 암울하고 불안한 시간이었지만, 우리가 보냈던 코로나 대응의, 사회적 거리 유지의 시간들도 우리들의 잠들었던 시간 속으로 들어갔다.

우리들의 어두웠던 시간들도 모두 사라지기를 바란다.

사람이 살아가는 데, 준비하고 계획하여 실행했던 일들이 뜻하는 대로 이루어지기도 하지만, 예측하지 못했던 상황들로 인하여 발생하는 문제를 만들지 않기 위해서는 진행을 멈출 수밖에 없다. 여기에서 '문제'라는 것은 '경제적 손실'이 될 수도 있고, 정서적인 문제일 수도 있다. 인간이 갖고 있는 욕망은 살아있기 때문에, 쓸 힘이 있기 때문이다. 힘이 솟구쳐서 어떤 일이든 생산 작용을 하려는 근본에너지가 있기 때문이다. 우리가 가지고 있는 자기 역량을 조합하여 무엇이든 만들어내려는 그 생산 작용이 뜻하는 바대로 이루어지면 성공이라

판단하고, 이루어지지 않으면 좌절하기도 한다.

나의 경우는 금전적인 손실보다 정서적 불안을 주는 환경을 멀리하는 쪽에 마음을 두다 보니, 숲을 떠나기가 어려웠던 것 같다.

나는 밖에 사시는 분들이 나보다는 훨씬 훌륭하신 분들이라고 생각한다. 나는 경제활동을 하면서 정서적 안정을 갖기 어려운 사람이었다. 자기 직업에 충실하면서 정서적 균형과 정신문화 활동을 할 수 있는 분들은 특별한 능력의 소유자라고 본다. 그리고, 그분들보다 더 존경스러운 것은 일상의 삶에서 일용할 양식을 구하는 삶을 기쁘게 여기며 소리 없이 살아가시는 분들이다.

거처를 정리하며, 옷가지와 책등 꼭 필요한 물건과 버려야 할 물건과 쓰레기를 용달차에 싣고 왔다. 생활용품과 새로 산 냉장고 등 다른 사람이 들어와 사는 데 불편이 없도록 대부분 다 놓고 왔다.

이사를 할 때마다 쓰레기는 전부 싣고 와서 분리수거하고, 태울 것은 태운다. 웬만하면 신세지는 것보다, 비용을 지불하고 품을 얻어 일 처리를 하는 것이 좋다.

무거운 짐을 나르는 데 용달비에 웃돈을 얹어 지불하는 것은 땀을 흘리는 대가가 너무 적으면 안 된다는 생각이 들었기 때문이다. 짐을 나르려고 했던 분이 일이 생겨서 다른 분을 모시게 되었는데, 절반도 안 되는 비용이라 처음 깜짝 놀랐다. 거리와 시간, 무거운 짐을 나르는 고생을 생각해서 요청한 금액의 절반을 더 지불하고, 산에 올라와서 땀을 흘리는 것을 보고는 지갑을 다시 열게 되었다.

이런 나를 자랑하려고 쓰는 글은 아니다. 용달비도 정해진 것이 아니고 회사마다 다르다는 것을 알게 되었는데, 나는 운이 좋았던 것이다. 웃돈을 지불하고도 나는 손해를 입지 않았다. 이상스레 오시기로 했던 분이 못 오시게 되어 다른 분이 오시게 되어, 저렴한 비용에 더 드려야겠다고 생각했던 것이고, 어차피 나는 전날 오시기로 했던 분이 요청한 비용을 이사 비용으로 책정해 놓았었기 때문이다.

길 떠나기 전에 "제가 이 부분은 더 생각하겠다"고 하면, 오는 동안 즐거운 기분으로 운전하여 안전운행이 되고, 기분 좋게 일을 하면 힘도 덜 들고, 나도 미안한 마음이 안 들어 매우 잘한 일이라고 생각한다.

산에 있으면서, 잠깐씩 거처를 옮기며 살기도 하였는데, 짐 싸는 일도 자꾸하게 되니 나름 요령이 생겨서 신속하고 힘도 덜 들이는 나름의 방법을 터득하게 되었다. 이삿짐 싸는 일을 하라면 잘할 것 같다.

이 더운 날에, 삼일 동안 목욕을 하지 않았다. 세탁기를 옮겨 놓다가 수도꼭지가 부러졌다. 물이 솟구쳐서, 물을 잠그고 나뭇가지로 틀어막았다. 설비하시는 분이 시간이 안 난다고 나흘 후에나 온다고 한다. 빗물 받아놓은 것을 통이 더러워서 수세미로 닦고 비워 햇볕에 말리느라 물을 비워, 허드레로 쓸 물이 없다. 후원에 있는 물을 아껴서 며칠 지내야 하니, 양치하고 손 닦는 일 외에 설거지가 덜 나오는 쪽으로 지내야 한다.

내일은 다른 암자에 일을 하러 가는 날이다. 머리를 깎고 물을 아껴 목욕을 하니 참으로 기분이 좋다.

경험은 능력을 키우고, 기다림은 마음을 키운다. 산에 일을 봐주는 불자님은 나더러 자꾸 돈을 모아 놓으라고 한다. 그러면 본인이 이것도 해주고 저것도 해준다고 한다. 그럴 때마다 그냥 웃고 만다. 나도 눈도 있고 눈썰미도 있는데 말이다. 집도 어떻게 하면 더 깔끔하고 어떻게 하면 더 보기 좋고 다 할 수 있는데 몰라서 못하는 것은 아닌데 말이다.

모으려 한다고 모아지겠는가? 언제나 쓸 곳이 많은데 말이다.

무슨 일을 미리 계획하면 고민이 생기기 때문에 안 한다. 그냥 산다. 무엇을 하겠다고 계획을 세우면 정말 써야 할 처지에 눈을 감아야 한다. 그냥 쓸 자리에 있으면 바로 쓰고, 없으면 기다린다. 할 수 없는 일 아닌가? 예전에는 쓸 자리에 못 쓴다고 미움을 살까 걱정하기도 했었는데, 지금은 어떤 생각도 하지 않는다. 다음에 기회가 또 있겠지, 그리고는 잊어버린다.

미움을 받아도 할 수 없는 일 아닌가?

이럴 때는 머리 깎고 사는 게 참 좋다. 미장원 안 가도 되고, 옷 걱정 안 해도 되고, 장신구도 없어도 되고….

참, 좋다. 이런 걸, 팔자소관이라고 하는가보다.

“방귀 길 나자, 보리양식 떨어진다.”

예전에 어떤 어른이 하신 말씀이 생각이 난다. 보릿고개에 보리밥을 먹고 나물죽을 먹어 방귀들을 많이 뀌었을 텐데, 감지덕지 아껴먹던 보리쌀이 떨어졌다? 암담하다기보다 참담함에 정신이 멍해지는 상황 아니겠는가? 사람이 살아가면서, 이러한 상황에 직면하는 순간이 얼마나 많겠는가?

못 넘을 산은 없다.

인간이 무너지는 건 자신이 믿는 가치에 대한, 자존감에 손상을 입었을 경우다. 때로는 터놓고 지내는 사람끼리 속내를 드러냈다가 후회하는 일들이 많았었다. 말은 터놓으면 후회하는 일이 더 많다. 나는 이 늦은 나이에 그것을 알게 되었다. 음흉하게 살라는 것이 아니다.

인간은 오늘보다 내일이 훨씬 좋은 사람이 될 수 있다는 것을 믿는다. 때로는 솔직히 드러낸 속내가 상대방에게 부담을 주기도 하고, 정해진 모양 안에 우리를 가두게 된다는 사실이다. 견딜 만하면, 견디자는 것이다. 그리고, 자존감이 허물어지지 않을 수 있는 우정이 있다면, 얼마나 축복이겠는가!

그래서, 시가 있는 것이 아닌가? 부처님이, 하느님이 계신 것 아닌가? 고백하고 고백하면, 그분들은 언제나 길을 인도하신다. 원융하신 품으로 한없는 자비와 사랑의 말씀을 들려주신다. 소리 없는 소리를 듣게 하신다.

나는 가끔 그 어른이 하시던 이 말씀을 나도 따라 한다.
"방귀 길 나자 보리양식 떨어지는구먼!"

항아리에 올려 둔
구부러진 오이 한 개

며칠 장대비가 내렸다.

비가 잠시 멈추어 채마밭에 잡초를 뽑아내고 밭끝 쪽에 있는 뽕나무 가지를 정리하며, 늘어진 가지 무성한 잎들을 정리하다 보니 나뭇가지를 타고 오이 한 개가 달려 있다.

세상에나! 비도 너무 많이 오시고 위쪽 밭에 잡풀을 거두느라 잠시 틈을 놓친 사이에 아래 밭에 풀매기가 늦어져 돌보지 못했건만, 풀 더미 속에서 자란 오이라니!

나뭇가지를 피해, 죽 벋지 못한 오이를 보니 미안한 마음이 잠시 든다. 풀을 매던 손을 멈추고 올라와 항아리 위에 올려놓고 잠시 다리를 쉰다. 그 사이, 땀은 비가 오듯 옷을 적신다. 갈증도 나고 오이를 베어 물려다가 그대로 놓아둔다.

"오이야, 미안해. 고맙다!"

며칠만 밭을 돌아보지 않아도 풀은 너무 잘 자란다. 그 틈에서 고추며 가지 토마토들이 열매를 맺어 준다. 비료도 사다 놓은 것이 있었지만 곧잘 열리는 것을 알고는 무심하게 놔두게 되었다. 잡초를 뽑아서 한쪽으로 놔두면 거름도 되고 풀을 올려놓은 자리에는 한참 동안은 잡풀이 올라오지 않는다. 푸성귀를 심어놓고 풀은 가끔 뽑아주지만, 비료도 거름도 일체 주지 않는 엉터리 농사꾼이다.

심어놓고 돌보지 않아, 실하지 않은 열매들을 바라볼 때면 미안해지기도 한다.

가끔 마을을 지나갈 때면 집들이 너무 예쁘고 단장을 잘들 해놓아 보는 눈이 즐겁다. 촌에 살면 주택보수 지원금도 받고 좋은 점도 많다. 영농조합원이 되면, 여러 가지 혜택이 있어 농자금도 지원이 있고, 농자재라든가 비료 등을 구입할 때도 혜택과 지원이 된다는 말을 얼핏 들었건만 구체적으로 내용을 숙지하려는 마음을 갖지 않았다.

　농업도 전문직이므로, 전문성을 갖고 대해야 결실로 인한 좋은 결과를 얻을 수 있다. 나는 그런 점에서 너무 무심하게 사는 사람이니, 세상에서는 완전 아무짝에도 쓸데가 없는 사람인 것만은 분명하다.
　야무지게 살림을 할 줄을 아는가, 재봉질을 잘해 이것저것 만들 줄도 모르고, 농사도 잘 못 짓고, 겨우 밥 짓고 반찬 좀 만들 줄 아는 것 외에 달리 세상살이에서는 밥벌이해서 먹고 살라면 완전 수준미달의 사람이다.

　수입보다 지출이 많으니 빚쟁이 될 것은 뻔한 일 아닌가?
　그러니, 산에 사는 것이 맞다. 나가지 않으면 쓸 일도 없고, 보는 것도 적으니 마음 상할 일도 없고, 하고 한 날 밭 언저리에 앉아 하늘을 보고 떠다니는 구름을 잡아 볼 생각도 하지 않는 그런 사람이다. 지금은 티브이도 있고 인터넷도 있어서, 앉아서 영화도 보고 편지도 쓰고, 그야말로 빚만 지지 않고 살면 부러울 것 없는 사람 아닌가?

산문에 들어서 살며, 처음엔 스승님들 곁에서 주는 밥에 시주님들의 용돈에 걱정근심을 아예 하지 않고도 사는 삶이 너무 좋았다. 승단이 엄격한 것은 대중이 모여살기 때문에 무엇보다 질서 유지를 위해서도 그렇고, 수승한 가르침을 구하는 길에서 자기 절제 없는 삶으로는 불가능한 일이 아니겠는가?

한 때는 시에 미쳐서 몇 년을 잠을 자지 않고 살았다.

'중이 되면 시만 쓸 수 있는 시간이 있을까?' 하는 나의 '미친 욕망'을 품고 산문에 들어, 끝도 없는 노동의 시간으로 한 동안은 시를 잊고 살다가, 아예 잊어버렸었다. 벽을 쳐다보다가 밖에 나와 다리를 쉴 때면 한 구절 말이 올라와도 그냥 흘려보내기를 반복했다.

그러나, 그 숨은 씨앗이 어디로 가겠는가?

어느 날, 시는 아무 잘못이 없다는 것을 알았다.

시는 우리의 잠을 깨우는 이슬비!

시는 빛으로 가는 등불!

시는 말 이전으로 가는 이정표!

내가 기억하는 유년 시절은 안채의 마루이다. 겨울이 오기 전까지 마루에서 밥 먹고 마루에서 엎드려 책을 보고, 마루에서 그림을 그리고, 마루에 앉아 멀리 강 건너 마을과, 마을 지붕 위로 피어오르는 연기들이 뭉게뭉게 올라가는 것을 바라보곤 했다.

그 마루의 질감이 아직도 따스하게 느껴진다.

집을 한 채 지어본다면, 거실은 마루방으로 만들고 싶은 마음이 있다. 햇볕이 잘 드는 쪽에 통유리를 넣고, 채광과 풍경을 함께 누리는 것이다. 광목으로 커튼을 만들고, 여름 내내 그 방에서 지내보고 싶다.

예전에 선조들이 지은 집은 주춧돌이 있고 높여서 마루를 깔아 통풍이 잘 되어 집이 상하지 않고, 자연 건조되는 과학적인 방식이다. 우리의 전통가옥은 대단히 과학적인 주택이라고 본다. 부엌과 욕실만 제대로 갖추어 집을 짓는다면, 세계 어느 곳에 내놓아도 빠지지 않는 훌륭한 건축양식이다.

이야기가 빗나갔지만, 이 말을 쓰는 것은 수행에 있어서 '집중수행’은 어떠한 생각도 일으키지 않아야 하는 것이다. 그 생각이 자라는 것을 멈추게 하는 것이다. 어쩌면, 아예 성장을 차단하는 것이다. 가두어 잠식시키고 소멸시키는 것이다. 먼지 하나도 일어나지 않게 하는 냉혹하고 참담한 길이다. 어쩌면 처참하기까지 한 가혹한 길이다.

그것이 어째서 필요한가?
인간의 에너지는 생래적인 것이며, 평생을 팽창시키려는 그 힘은 원천적인 것이다. 그 힘을 잘못 쓰지 않기 위해서 하는 대단히 월등한 방법이지만, 그 ‘멈춤’의 위력은 어마어마한 ‘물질에너지’를 축소 처리하여 전혀 다른 에너지로 바꾸는 방식이다.

보다 쉽게, 비근하게 설명하자면, 원자폭탄이 되는 ‘핵’의 위력을 알지만 쓰지 않는 방식이라고 해야 할까?
수행은 그 ‘핵’마저도 소멸시키는 것이다. 물질세계는 우리가 누리는 만큼 위해적 요소가 항상 수반된다. 먹고, 마시고, 입고, 양육하는 이 모든 과정은 기거하는 ‘집’이 있어야 가능하다.

평생을 두고 그 '집'이 주는 안락으로부터 보호되지 않는 수많은 사람들이 있다.

나도 그래왔다. 그 '집'을 버리고 새로운 '집'에 들어가자는 것이 구도이며 그 구도의 길이 수행이다. 필수라고 하는 필수적 요소와의 투쟁으로 평생을 사는 것이 육도중생六道衆生이다.

그렇다면, 그 필수적이라는 것이, 또한 인간의 목숨을 좌지우지하기도 한다. 인간의 행복은 필수조건으로는 영원하지 않다. 오늘 필요한 것이 내일 필요 없어지고, 오늘은 필요하지 않던 것이 내일은 필요해지는 것이다. 직장은 직장대로, 단체는 단체대로 끊임없이 '필수조건'이 생겨난다.

세상은 상호교환으로 이루어진다.

서로가 필요해서 연緣이 이루어진다. 그 과정에서 언쟁도 일어나고, 불만 요소도 생겨난다. 그러므로, 정치는 사회적이며 대단히 유동적인 것이다. 어느 한쪽의 불편을 해결해 주기 위해 한쪽의 문제를 해결하다 보면 다른 쪽이 불편해진다. 그 균형을 잘하는 것이 정치라고 본다.

많은 대중이 고르게 평안해지는 것. 그러나, 그것이 가능할까?

아무리 법을 뜯어고쳐도 계속해서 개인과 소집단, 중집단, 거대집단에서 야기되는 문제는 멈추어지지 않는다. 인간의 행복 조건이 바뀌지 않는 한은 절대 불가능한 일이다.

'사회법'은 보편한 평등의 기준점으로 보면 될 것이다. 하고한 날 법을 뜯어고치고 항거를 하여도, 절대로 불가능한 일이다. 그러므로, 정치를 하러 나서는 사람들은 돌팔매를 맞을 각오를 하고 나오는 사람들이다.

정치라는 것은 서로 모여 사는 데서 화합을 유지하려는 노력이다. '수행'은 이러한 소모전을 줄이는 일이다. '우선멈춤'으로 욕망의 실체를 바로 보려는 노력이다. '욕망'은 무엇에서 비롯된 것인가?를 잘 알게 하는 과정이다.

'인간'이 사회적 동물로 살아가는 '조건'과 개인의 소망과의 괴리에서 발생 되는 마찰을 어떻게 해결 할 것인가? 그 마찰에서 비롯되는 내면적 소음과, 외부 환경에서 다가오는 대립에의 갈등은 어쩌면 구조적인 것보다는, 내면적 욕망의 이

상증식의 부조화에서 야기된다는 것이 보다 가까운 문제라고
볼 수 있다.

'단체의 수장'과 개인 욕망의 '수정체' 함량의 '물질분자'
이전의 원소와 관련이 있음은 부정할 수 없는 사실이다.
그 원소 이전으로 돌아가지 않으면 화합은 불협화음이 된
다. 사회적 동물로서의 관계 형성에는 반드시 조건이 따른다.
그 조건에 부합되어 환경에 자기 욕망을 심는 것이다. 그 심는
이유를 잘 알아야 한다는 것이다.

단체가 요구하는 '조건 성립'의 기준은 언제든 변화될 수밖
에 없다. 단체에는 반드시 질서가 필요하다. 그 질서의 균형은
어디에서 가능할까? 바로 이해이며, '양보'이다. 양보는 나의
행동을 살피는 과정에서의 '멈춤'이다. '양보'는 잠시 미루는
것이지, '의도'가 완전히 사라진 것은 아니다.

'양보'를 '양보의 미덕'이라고도 한다. '양보'는 '잠시 기다
려 줌'이다. 교통신호등은 '양보'로 이루어진 사회질서의 미
덕이다.

오늘 아침, 항아리에 올려 둔 구부러진 오이 한 개가 많은 것을 생각하게 한다. 풍부한 비에 뽕나무는 잎이 무성해지고, 그 곁에 있던 오이는 잎이 덮어버려 덩굴을 뻗어가지 못하고 풀더미 속에서 구부리고 자신의 몸을 키우고 있었다. 세상은 그런 곳이다. 본래 그런 곳이다.

뽕나무 잎의 가지를 쳐내고, 오이의 덩굴을 나뭇가지위로 얹어 주었다. 오이가 햇볕을 보고 덩굴을 뻗어갈 것이다. 꽃 속에 오이를 품은 몇 개가 이제 곧 자랄 것이다.
쨍! 하고 해가 뜨면 오이가 익어가는 것이다.

그늘 속에서 자라는 식물
볕이 없으면 시들어가는 식물
폭우 속에서도 더욱 무성해지는 나무들
환경에 따라서 자라나는 것들이 각각 다르다.

사라지는 것은 없다. 잠시 '멈춤'에 들어서는 것이다. 기다리고 있는 것이다. 누구나 지금 꿈을 꾸면서 말이다. 그 꿈을 나무라지 말라. 희망에 속지 않는 것은 그냥 꿈을 꾸어보는 것

이다. 그냥 한 번 그려보는 것이다. 꿈은 '꾸어' 보는 것이기에
잠시 빌려 온 것, 좋은 꿈을 꾸는 것.

다가오지 않은 미래를 미리 걱정하지 말라.
나는 지금 무엇을 하는 것이 마땅한가?
지금 무엇을 하는 것이 먼저인가?

우선멈춤!
자기를 보면서!.

시간 비행

며칠 째, 바람이 심하게 분다.

산은 하루가 다르게 초록으로 물들어가고 푸르름이 짙어지고 있다.

해마다 송화가 피어날 때쯤이면, 바람이 휘몰아칠 때마다 겨울 눈바람이 휘몰아치듯, 안개처럼 자욱해지는 송화가루가 흩어진다.

비상수로 받아 놓은 물통의 언저리에 노랗게 붙어 며칠 지나면 물 때처럼 가라앉는다. 무거운 물통을 한꺼번에 쏟아 버리는 것도 일이 되는 일이고 아깝기도 하여, 송화가루가 날릴 때는 물통에 가득 물을 받아두지 않는다.

지난봄에는 텃밭에 이것저것 많이 심었다.

시장에 나가면 넘치게 나오는 채소 모종들의 종류도 어마어마하게 많다. 물을 파기 위해 밀어놓은 땅이 정리가 되었더라면, 열무도 넉넉히 심었을 텐데, 아직 마무리가 덜 된 땅을 언제 다시 장비로 정리하게 될지 몰라 윗밭에는 아무것도 심지 않았다.

손바닥만한 텃밭 세 군데에 빼곡하게 심은 채소들을 바라볼 때면 흐뭇하다.

드난살이 같았던 십여 년의 시간 동안, 유실수 한 그루 마음먹고 심어 볼 겨를도 없었던 것 같다. 워낙에 이곳 상황이 뜨거운 구들장에 엉덩이를 붙이고 있는 것 같은 상황이라, 뿌리를 깊이 내리는 안목으로 원림을 이루는 상황에 대한 기대라든지 계획을 세우지 못했던 것 같다.

어언 시간은 흘러, 육십 줄의 나이에 들어서고 보니 나의 육신도 조심조심 다스려가며 살아가는 시점이 된 것이다.

시간은 이처럼 빠르다.

얼마 전에 지인 한 분께서 '세월'의 속도를 계산해서 말씀을 하시는데, 듣고도 옮기지는 못하지만, 비행기가 하늘을 날아가는 시간보다 더 빠르다고 숫자로 계산해서 이야기를 하셨다. 며칠을 두고 그 말씀이 사라지지를 않는다. 빠르기는 빠른데 그처럼 빠른 것을 이해는 하면서도 막상, 그 상상을 하면, 나도 모르게 숨이 가빠진다.

헉 헉, 거리며 산을 오르는 것도 힘든 일지만, 우리가 아무리 빠르게 뛰어가도 비행기를 따라갈 수 없다는 것은 누구나 다 이해하는 사실이다. 그런데, 그 속도보다 빠른 '시간'에 탑승을 한 우리는 '지구행성'을 타고 아직은 태양계에서 흐르고 있는 것이다.

인간은 매일 필수적으로 해야 하는 노동이 있다.
'필수노동'과 '계획노동'이 있다.

일상에서 밥을 먹고 씻고 세탁하고 볼일 보는 '필수노동'과 '필수노동'을 유지하기 위해서 필요한 '자금'을 벌기 위해 직업을 갖는 것과, 인간관계 형성에서 빚어지는 문화 활동, 운동 등의 동아리 활동 등은 '계획노동'이라 할 것이다.

지난봄에 이것저것 채마 밭에 심은 것은 나름 내가 실천한 '계획노동'의 범주 안에 든다. 우선, 지난해 가을 산에 와서 함께 지내고 있는 행자 한 사람이 있어서, 나름 계획을 세우게 된 것이다. 식구가 한 사람 더 있다는 것은 그 사람의 생활에 조금이라도 필요한 무엇을 해 주고 싶은 것이다.

곤드레나물, 곰취, 고수나물, 참나물 몇 포기씩을 4월 중순에 미리 심었고, 상추 옥수수 깻잎 호박 가지 오이 토마토를 4월 하순에 심었다. 잡초가 무성한 밭에 농작물을 심기 위해 만드는 일은 품이 많이 드는 일이다.

전문적으로 농사를 하는 사람들은, 경운기로 밭갈이를 하고, 무엇보다 제초제를 사용하여 뿌리가 강한 잡초들이 아예 없다. 그러나 농약을 아예 사용치 않은 산의 채마밭은 한 철만 가꾸지 않아도 덩굴이 벋어나가 가시덩굴이 꽉 들어찬다.

지난해에 이어 올해는, 코로나 역병으로 인하여 산에 오는 사람도 뜸하고, 무엇보다 자급자족에 대한 '계획노동'에 관심이 깊어질 수밖에 없게 되었다.

오가피나무 다섯 그루와 구기자나무 다섯 그루는 텃밭 옆의 산에 잡목을 정리하고 심었다. 두릅나무도 이른 봄에 산에서 잘라다가 물을 열심히 주었더니, 삽목 열 그루에서 네 그루가 살아났다.

저 정도면 충분하다. 몇 년 시간이 지나면 여기저기에서 두릅이 올라올 것이다.

나무의 순을 나물로 먹을 수 있는 오가피나 구기자 뽕나무 엄나무 등은 묘목을 심을 때, 처음 물을 잘 주고 뿌리가 내릴 때까지 주변의 잡초만 제거해 주면, 별다르게 일손이 들어가지 않는다.

처음 이 산에 왔을 때, 저 아래 밭 두 그루터기는 절에서 이것저것 심어 먹으라고 땅 주인 거사님이 말을 했지만, 그의 기대치에 어긋나게 된 나로서는 그 밭에 무엇을 심을 엄두를 내지 못했었다.

그 아래 몇 그루의 두릅나무가 있는데, 엊그제 내려가 보니 많이 퍼져 있었다. 밭을 가득 메운 잡초와 가시나무들을 일반 낫으로 벨 수 없을 만큼 빼곡하게 들어차 있었다. 요즘은 장낫을 사용하여, 뿌리 밑둥을 잡아당기는 방법으로 잡초를 제거하는 중이다.

그 밭에 고추를 심을까 생각도 해봤는데, 올해는 영 글렀다. 워낙에 뿌리가 강하게 박힌 잡초들을 우선 풀을 베어 사그라들게 만든 후, 내년 해동하고 조금씩 약초 캐는 호미로 작업을 해야, 무엇이라도 심을 수 있기 때문이다.

내 땅은 아니지만, 어차피 놀고 있는 땅이니 풀을 관리하여 꽃씨라도 뿌리면 보기 좋을 것 같다. 그리고, 무엇보다 지금 채소를 심어 먹는 밭과 아래채의 주인 땅이니, 나도 감사의 마음으로 살아가며, 무엇으로든 성의를 다하는 것이 도리 아니겠는가?

밭을 묵혀두면 잡초가 무성하여, 다음에 무엇을 심으려면 여간 어려운 일이 아니다. 뽕나무를 심어둔 것 같은데, 잡초로 인해 거의 다 죽어 있었다.

잡초는 어쩌면 저리도 실하게 잘 자라는 것인가? 사람이 즐겨 먹지 않는 식물이라 이름도 없는 저 잡초들도 각각에 맞는 토양에 뿌리를 내리고 살아가고 있다.

병에 이기면 살고, 병에 지면 사그라든다. 모든 식물, 동물이 이와 같다. 전염병이 창궐하는 것도 환경에서 빚어지는데, 하나를 없애려고 하면 다른 변종들이 공격을 한다. 땅에서 자라는 식물들도 미생물들과 해충으로부터 공격을 받고 견디고 살아남아 '작물'이 되어 거두게 된다.

살아 있는 것들은 어쩌면 이리도 다른 것을 죽여야 살게 되는 것인가?

나도 가끔씩 상념에 젖어들 때가 있다.

'내 돈으로 산 땅에, 내 돈으로 집을 지어 살 수 있다면 얼마나 좋을까?' 이런 생각이 일어나 그간의 고단한 기억들이 나를 적시곤 한다.

누구에겐가 무엇을 받으면, 그만한 댓가 이상의 지불이 뒤따른다.

마음이 울적할 때마다 한 번씩 보왕삼매론寶王三昧論*을 새겨본다. 그 중에서 오늘은 여덟 번째 덕목을 새겨보는 것으로 끝을 맺고자 한다.

"덕을 베풀 때, 보답을 바라지 말라."

보답을 바라면 도모하는 뜻을 가지게 되나니, 그래서 성인이 말씀하시되 "덕을 베풀었다는 생각을 헌신짝처럼 버려라." 하셨느니라.

---

* **보왕삼매론** : 중국 원나라 말기부터 명나라 초기에 걸쳐 묘협 스님의 저서 『보왕삼매염불직기』 중 제17편 〈십대애행〉에 나오는 구절. 〈십대애행〉은 묘협 스님이 삼매를 닦음에 있어 방해가 되는 열 가지 큰 장애를 여러 불경에 의지하여 정립한 것이다.

1. 몸에 병 없기를 바라지 말라.
2. 세상살이에 고난 없기를 바라지 말라.
3. 마음공부에 장애 없기를 바라지 말라.
4. 수행하는 데 마魔 없기를 바라지 말라.
5. 일을 꾀하되 쉽게 되기를 바라지 말라.
6. 정을 나누되 이롭기를 바라지 말라.
7. 남이 내 뜻대로 순종하기를 바라지 말라.
8. 덕을 베풀되 보답을 바라지 말라.
9. 이익을 분에 넘치게 바라지 말라.
10. 억울함을 자꾸 밝히려고 하지 말라.

보리야,
미안하다

연이은 장마에 아직은 푹푹 찌는 날이다. 하지만 오후 서너 시가 지나면 산에는 풀잎들이 바람에 일렁인다. 창문 너머로 나무들이 흔들리는 풍경을 바라보노라면 기분이 좋아진다. 살아 있음을 느끼는 순간이다. 뭉게구름 한 점이 하늘을 더욱 푸르게 한다.

처마 밑에 있는 왕거미가 열심히 그물을 짜고 있다. 머리가 유난히 크다. 처마 밑에서 시작해 밖에서부터 안으로 그물을 짜고 있었다. 여덟 개의 다리들이 부지런히 움직인다. 실 뭉치 같은 끈끈이를 한 무더기 모아놓고 다리로 찍어서 그물을 짜는데 어쩌면 저렇게 정교하게 짤 수 있을까 신기해서 고개가 뻐근한 것을 느끼면서도 눈을 뗄 수가 없었다.

얼마 전 키우던 강아지 '보리'가 세상을 떠났다. 무어라 말할 수 없는 심정으로 보름 이상의 시간을 보내다가 나도 시름시름 몸이 좋지 않았다.

빈 하늘에 흰 구름이 머물러 푸르름을 더욱 푸르게 하고, 풀잎이 흔들리는 모습을 보고 바람의 느낌을 더욱 잘 알듯이, 우리 곁의 인연들이 서로와 서로를 확인시켜 주는 것이 아니겠는가? 때로는 그 인연들이 불편을 주기도 하고, 자유롭지 못하게 할 때도 있지만, 우리는 그 인연으로 인해 새로운 인연을 맞이하는 연결고리가 된다는 것을 알게 된다.

일부러 놓으려 하지 않아도 부지불식간에 다가서는 별리別離는 우리가 감당하기 어려운 감정의 파고를 겪게 되는 것은 사실이다.

보리의 어미개는 영순면에서 데리고 와서 '영순이'라고 불리던 애완견이었는데, 산에 먼저 와 살던 진돗개 '지풍이'하고 사이에서 태어났다. 영순이는 6년 전 가장 추운 겨울 눈발이 날리는 아침부터 다섯 마리의 새끼를 오후 2시가 될 때까지 몇 시간에 걸쳐서 낳았다. 나는 영순이 집에 전선을 연결해서 전등을 켜 주고 헌옷도 깔아 주고 보온 비닐로 집을 싸매주어 해산할 준비를 해 주었었다.

보리는 맨 나중에 세상에 나왔다. 몸 전체가 흰털을 가진 깨끗하고 예쁜 모습으로 태어났다. 몸집은 컸는데 눈도 늦게 뜨고 행동도 굼뜨고 느려서 분양에서도 선택이 되지 않은, 어미 곁에 남겨진 강아지였다. 다섯 마리의 강아지들이 어미젖을 빨아댈 때 항상 밀려나서 힘 세고 약은 강아지들 틈에서도 겨우 살아남은 순둥이였다.

연엽산에 들어온 지 십여 년이란 시간이 물같이 빠르게 흘러갔다. 십 년이면 강산이 변한다 하니, 나도 맹맹하니 맛도 멋도 잊어버린 사람이 되었나보다.

할 말도 별로 없는 것 같고, 쓸 얘기도 없는 것 같은 내가 무슨 얘기를 쓸까 고민도 하지 않고 빈둥거리다가, 며칠 전에 풀을 베다가 문득, "왔다가 그냥 갑니다"라는 한 마디 말이 바람이 스치듯 내 안에서 울려왔다.

보리를 떠나보내고 쏟아지는 빗줄기를 창문 밖으로 바라볼 때, 삶이란 그저 "쓸쓸한 이야기를 남기고 사라져갈 뿐이야."라고 소리 없는 말을 나 자신에게 건넸다.

보리는 내게 왔다가 아무 말 없이 그냥 떠나갔다. 고타마 싯다르타의 세 가지 핵심 가르침 "제행무상諸行無常, 제법무아諸法無我, 열반적정涅槃寂靜"은 우리가 살아가는 어떠한 상황에도 함께 있다. 존재하는 모든 것들은 항상함이 없고, 우주법계의 존재하는 일체 모든 존재는 고정된 실체로 존재하는 것이 아니며, 우리의 이성을 일깨우는 자아도 실체가 없다. 생명이 있는 존재뿐만 아니라, 사물, 사건, 사람이 만들어내는 온갖 일과 사건으로 인해 빚어지는 감정들까지 모든 것이 고정적인 실체를 가지지 않는다.

무아無我는 시간적 개념, 공간적 개념으로 실체 없음을 말하지만, 인연계합에 따라 드러나는 존재 자체는 상호의존, 상호

상관 되는 연기적인 모임에 따라 시간적 공간적으로 생겨났다가 사라지는 인식의 영역뿐만 아니라, 인식 밖의 무의식의 영역까지도 포함된다.

일체무아, 즉 모든 생명이 있는 존재나 생명이 없는 존재들은 고정된 모습으로 항상 존재하는 것이 아니며, 인연 따라 끊임없이 변해가는 흐름이며 지금의 존재인식 또한 수없는 변화 중에 한 모습이라는 것이다.

이것은 무엇을 말하는가?

고타마 싯다르타가 말하고 있는 무아는 "있다, 없다"의 고정화된 개념이 아니라 인연의 법칙에서 이루어진 '제법'을 실체로 보아서는 안 된다는 가르침이다. "제법무아 제행무상 제법무아 열반적정"은 어느 쪽에서 비추어도 연관되고 계합하여 공성의 가르침과 마주하게 된다.

'제행무상諸行無常'의 네 글자를 손에든 전등으로 여기고 상황을 바라보면 곧이어 '제법무아'로 연결이 되어 바로, 공空이라는 '문 없는 문'을 열게 된다. '수행'을 통해 '제행무상'을 깨닫고, 존재인식을 바로 깨닫게 되는 '제법무아'를 통해 고통을 다스리게 된다. 고통을 다스리게 되면 바로 평화를 얻게 된다.

 '열반적정'은 웅덩이의 고여 있는 물처럼 움직이지 않는 것을 말하는 것이 아니다. 살아 꿈틀대고, 꿈틀대는 것은 솟구치고, 솟구치는 것은 어딘가를 향해 나아가고 나아가는 것은 어딘가에 닿아 내려앉게 되어 있다.

 나는 '열반'이라는 말보다 '적정'이라는 단어를 좋아한다. '적정'은 '쉼' '가라앉음' '평화로움' '휴식' 등의 이미지를 연상하게 한다. '적정'이라는 단어를 떠올리는 순간 바로 '평화'로와질 수 있다.

 우리의 입가에 미소를 짓게 하고, 잔잔하게 흐르는 물결처럼 고요한 수면을 바라보듯 평화로와질 때, 고요함이 이어지는 순진함 속에서 들끓던 마음이 가라앉았을 때, 해롭지 않은 일으킴이 '은혜로움' 즉, '자비'의 마음이 있었음을 알게 된다.

 그 순간에 '자비로움'으로 가득해졌을 때 '바른 사고'를 할 수 있다.

 '오온五蘊'을 조견照見할 수 있는 환경이 된다는 것이다. 불교의 수행방편은 오직 '오온'을 '조견'하는 것일 뿐이다.

식물인간이 되어 아무것도 하지 않는 것이 아니다. 웅덩이의 물처럼 고여 썩어가는 삶이 아니라는 것이다. 바른 견해로 부지런히 '오온'을 다스려 스스로도 평화롭고 다른 이도 이롭게 하자는 것이다.

번뇌는 무엇보다 자기 자신을 먼저 해친다. 번뇌의 잎이 자라 '어리석음'의 화살을 쏘아대는 삶으로 치닫지 말자는 것이다.

내 곁에서 가족으로 살다가 떠나간 '보리'가 좋은 몸 받아 더 없는 행복을 누리기를 바라는 마음으로 이 글을 쓴다. 이사 갈 때도 함께 했던 '보리'다. 잘 살펴 주지 못하고, 내 삶의 문제로 혼자 남겨두는 시간이 많았던 데 대해 깊은 참회를 한다.

보리야! 정말 미안하다.

그리고, 너무나 고맙다. 나는 너의 어둡고 딱딱해진 육신을 보고 다시 한 번 마음을 가다듬고 바른 수행을 할 것을 맹세한다. 허공으로 흩어질 이 육신과 육신이 담고 있는 정신을 언제나 잘 관리해야겠다고 다짐한다.

살아 있는 이 순간에 대해 감사하자.
감사가 느껴지지 않는가?
슬픔이 사라지고 있지 않는가?

그래도, 생명의 물줄기는
멈추지 않았다

빗소리에 잠에서 깨어났다.

여러 날 장마에 깊은 잠을 들지 못하다가, 육신이 지쳤던 모양이다. 잠시 누웠다가 깊은 잠속으로 들어 오랜만에 푹 잠을 자고 나서 차 한 잔을 마시고 글을 써 볼까 하다가 머릿말을 입속에 넣고 우물거리다가 잠이 들고 다시 깨어, 말머리를 놓치고는 다른 말머리를 붙잡고 우물거리다가 다시 잠이 들기를 사나흘동안이나 빈둥거렸다. 왜 이렇게 손에 잡히지 않는 것일까?

나는 지금 충주 용화사에 와 있다. 어제 갑자기 쏟아진 폭우로 급하게 이동했다. 평소 불만이나 우울감으로 자신을 몰아넣지 않는 나였지만 어제저녁엔 잠시 나도 우울감에 젖어 있었다. 고단하였던 모양이다.

글쎄, 피곤하여 쉬고 싶은 기분이 든 것인가?

푹 자고 새벽 3시쯤 잠에서 깨고 나니 비교적 상태가 좋아져 시 한 편을 쓰고 나서 잠시 쉬었다가 이 글을 쓰고 있다. 원고청탁을 받고 쓰는 일은 책임감도 뒤따르고 긴장감도 있는 일이다. 글이란 것이 쓴다고 써지는 것도 아니고, 샘물에 물이 고여야 떠낼 수 있는 것처럼 시효 적절한 타임이 있다.

붓 가는대로 쓰는 것이 수필이라고 했겠다. 그러나 우왕좌왕 늘어놓듯이 횡설수설해서야 독자에게 민폐를 드리는 것이 아니고 무엇이겠는가?

육십 나이 쯤 되니 붓 가는 대로 글을 쓰듯이, 사는 것도 물 흐르는 대로 사는 것이라는 그 말이 사실이 되었다.

사는 것이 마음먹은 대로 되는 일이 많지 않고, 또한 되는 일도 아니라는 것이다. 그것을 빨리 알면 알수록 분노나 자학적 감정이나 원망심으로 인한 적개심으로 '긍정 에너지'를 '비긍정 에너지'로 바꾸는 '소모적인 삶'을 줄이게 된다는 것을 말하고 싶다.

며칠 전, 오랜만에 아침부터 오후 다섯 시까지 화창했다.

폭우로 두 번째 피신을 하고 돌아오니, 식수로 들어오는 물길이 끊어져 빗물로 쓰다가 마을 어른 두 분과 함께 산 위로 올라갔다. 산에서 내려오는 물을 받아놓는 통을 보러 가는 길이었다.

내가 있는 거처에서 직선거리로 5~6백미터쯤 되는 길인데, 폭우에 길이 파여 돌이 드러난 길을 풀섶을 작대기로 헤치며 올라갔다. 앞장 서서 가시는 두 어른이 낫으로 길을 트시고 뒤따라 걷는 나는 작대기로 툭툭 땅을 치며 올라간다.

길이 엉망이다. 산등성이로 올라가는 쪽에 삼거리길이다. 오른편 길은 산을 에둘러 산의 다른 쪽 입구로 향하는 길이고, 물통은 산등성이 쪽 방향으로 조금 오르다가 길 아래 왼편에 묻혀 있다. 비 오듯 땀이 쏟아진다.

얼마만의 산행인가?

우중에 습기가 많고 무덥기도 하지만, 무엇보다 체력이 예전 같지 않다는 것을 실감하는 순간이다. 숨이 턱에 닿아 헉헉거리며 뒤따라가는 나를 향해 김선생이 한 마디 한다.

— 아니, 스님 좋은 공기 마시고 사시면서 왜 그렇게 못 걸으세유?

— 그래요? 저는 칠십 넘었다고 생각하고 산 지 오래된 걸요. 어른들 앞에서 죄송스런 말씀인가요?

— 아이구, 스님! 스님이 늙었다시면 우린 워쩐데유? 스님은 아직 창창하신데유.

그렇다. 창창하다면 창창한 나이겠다 .

공부도 앞이 안 보이고 그만두기엔 너무 많이 와 버렸고, 돌아가자니 갈 곳이 없었다. 다른 곳에서 새로운 적응을 하는 데까지 또 닥쳐올 문제들과 사람들과의 조화로움은 그냥 얻어지는 것이 아니라는 것과, 뿌리를 내리는 데까지 감당해야 할 무게에 대한 두려움은 차라리 불필요한 에너지를 낭비하는 것보다 '현재에 집중'하는 삶으로 견뎌나가는 것이 두려움이 적기 때문이었다.

나는 '현재에 집중'하는 선택을 했고 지금에 이르렀다.

지금 바위에 앉아계신 두 분 중의 한 분은, 이곳에서 태어나 성장하여 자녀들을 키워내신 토박이 농군이시다. 농한기인 겨울철이나 고로쇠물이 나올 때에는 두 내외가 손을 잡고 산에 자주 오른다. 오누이처럼 친구처럼 다툼 없이 소박하게 부부가 함께 터전을 가꾸고 살아간다.

김선생은 건강이 좋지 않아 도시에서 내려와 촌집을 얻어 매일 산에 다니며 약초도 따오며, 스스로 건강관리를 잘하여, 별 문제없이 살아간다. 처음 생겼던 지병은 완쾌되었고 이제는 장년층의 관리대상인 혈당 관리만 하며 이웃집의 일손도 거들며 살아가고 있다.

내가 저 분들에게 무슨 난설로 포교라는 걸 할 필요가 있겠는가?

그저 나는 나의 일상대로 살아가며 물어오는 질문에 성실하게 '자기 견해'에 가깝도록 답을 드릴 뿐이다.

엄중하게 말하면 '법'은 말하는 순간에 변질된다. 그 이유는 묻는 자와 답하는 자가 억만 분의 일의 오차도 없을 때만 비교적 근사치에 다가선다고 보면 된다. 사람과 사람 간의 대화도 '자기 견해'로 듣는 한계에서 멈추어 버린다. 그 견해의 차이가 크면 클수록 불협화음의 부피가 크다고 할 수 있겠다.

승가에서는 '서류전형'에 통과되고 5급 승가고시에 합격하면 '갈마'(면접·신체검사) 과정에서 예비수행자의 품성과 언행을 보고 탈의를 하고 신체검사를 통과해서 일정기간 '행자습의行者襲衣'의 고된 훈련을 한다. 그 과정에서 불교 기초 교리와 예경의식 등 의 강도 높은 과정을 통과해야 마지막 날에 철야 삼천 배를 마치고 득도수계를 한다. 그 이전에 은사 스님이 계신 곳에서 일정기간 고된 행자 생활이 있다. 사미승의 신분으로 5년 이상 강원·선원·승가대학 등을 거쳐 재차 승가고시를 치른 후 '구족계'를 수지하여 정식 스님이 된다.

여기까지는 의무수행이다. 종단 일이나 강사 등의 교육지도자가 되려면 반드시 '법계고시'의 단계별 과정 과제논문을 제출하고, 선덕-중덕-대덕-종덕-종사-대종사 등의 단계별 과정을 거쳐야 한다.

더러는 토굴수행이나 선원수좌로서의 수행의 길을 걸을 경우 '법계품서' 과정을 자의적으로 밟지 않는 경우도 있다.

정식 스님(수행자)의 단계에서 필수과정은 행자-사미(사미니)스님-비구(비구니)스님이라고 보면 된다.

간단하게나마 승단의 입문과정을 적어봤다.

승단의 입문 과정에 대한 소개를 하게 된 이유는, 이러한 제도적 장치는 교단이 형성되면서 조직화된 체계가 필요하여졌고 질서가 필요해짐에 따라 새로운 방침의 제도가 필요해졌기 때문이다.

역사는 흐르고, 그 시대에 맞는 새로운 제도가 요구되고, 그것이 '이행 요구 조건'으로서의 정형화된 '법'이 형성된 것이다. 그러나 고타마 싯다르타의 '법'은 제도권의 규칙을 말하는 것이 아니다. '법'은 실체가 없고 실존법은 무형의 '법'을 지키기 위한 제도적 '제정법'이라는 것을 알아야 한다.

붓다가 설한 법은 가장 자유롭고 무한하며 포용하는 '무아법'을 말씀하신 것이다.

두 어른이 풀을 헤치고 물탱크의 뚜껑을 열어보니 토사에 밀려 찌그러진 물통으로 물줄기가 약하게 흐르고 있었다. 생명수였다.

— 스님, 살살 내려가셔서 호미 좀 갖다 주세요. 잘 하면 스님 혼자 쓰시는 물은 될 것 같아요.
— 예, 괭이도 가져올까요?

나는 작대기를 들고 잰걸음으로 다시 골이 패인 길을 걸어 내려 간다.

이것이 '법'이 아닌가?
바로, '만법귀일萬法歸一 일귀하처一歸何處'다.

인생은
사랑의 붓질

밤새, 쏟아 붓던 장맛비 소리에도 푹 잠이 들었다. 꽤나 고단했던 모양이다. 먼 길을 다녀와, 산에 들어서면 모든 긴장이 풀리고, 고즈넉한 산은 나를 쉬게 한다.

해마다, 두서너 번 모이는 가족 행사에 오랜만에 참석했다. 아버지와 어머니 기제사를 모시는 날과, 집안을 이끌고 가는 오빠의 생신날이다.

어쨌거나, 산을 내려가는 일은 준비가 많다. 강아지들을 비

맞지 않는 자리에 묶어두고 물을 갈아 주고, 밥도 챙겨 두고, 고양이들 밥도 넉넉히 담아놓고, 산에서 내려오는 물은 마을로 가도록 돌려놓고, 갈아입을 옷을 챙겨 담고, 전기 콘센트를 뽑고, 가스도 확인하고, 빨래도 해서 널고 며칠 집을 비울 준비를 한다.

하루 다녀오는 길도, 며칠 다녀오는 생각으로 준비를 하는 것은, 삶이란 언제나 예상하지 않은 일들이 생길 수도 있기 때문에 하루 떠나는 길도, 길게 준비를 한다. 성격 탓일 수도 있거나, 자주 여행을 가지 않는 사람이라 그런지 어쨌거나 집을 떠나는 일이란 내게는 언제나 부산하고 신경을 많이 쓰게 되는 일이다.

버스를 타고 다닐 때는 바랑 하나 짊어지고 느긋한 걸음으로 길을 나서고, 이것저것 세상 구경도 하고 오히려 긴장이 적었는데, 코로나가 발생하고부터는 버스보다는 직접 차를 몰고 움직이다 보니, 피로도가 훨씬 많다. 뭐니 뭐니 해도 '두 발로 자가용'이 최고다. 얼른 코로나로부터 자유로운 일상으로 돌아가기를 간절히 바란다.

널찍한 거실에 그득한 가족들의 모습을 보니 흐뭇하고 대견하다. 모두, 아버지 어머니의 직계 자손들이다. 조카들도 철이 들어 번듯한 어른이 되어, 아기들도 잘 키우는 모습을 보는 일이 절로 미소 짓게 한다. 멋쟁이 아버지를 그대로 닮은 오빠는 손자들과도 격의 없이 친밀하게 지내는 모습을 오래 전부터 보아왔다. 그 손자들이 고등학교, 중학교에 다니는데, 외할아버지인 오빠하고, 포옹하고 어리광하는 모습이 여간 보기 좋았다. 할아버지 생신이라고 나와서 춤을 추고, 생일 노래 부르고, 할아버지는 두 손자에게 '노랫값'을 내주고 즐겁기만 하다.

가족을 잘 이끌어가려면, 무엇보다 두 부부가 화목하게 지내야 한다. 그런 점에서 오빠부부는 참으로 보기 좋은 모습으로 말년을 보내는 셈이다. 안정된 자리가 되니 가족이 모이고 떠들썩하게 즐거운 시간을 보내며 서로를 추억하고 행복을 나누는 시간이 가능한 것 아니겠는가?

얼마나 고마운 일인가!
화목한 부부의 얼굴은 편안하고 그 자녀들의 얼굴도 구김살이 없다. 서로 이해하고 많은 견딤과 참음 속에서 '참다운 이해'의 시간에서 화목하고 행복을 맞이하는 형제들에게 아낌없는 찬사와 존경을 보낸다. 무엇보다 '가장'으로서 성실하게 자신의 삶을 가꾸는 오빠는 '사랑을 그리는 화가'와 같다.

산으로 돌아와, 그 따뜻하고 정겨운 모습에 감사를 드리며 오랜만에 화창한 숲을 바라본다. 그리고, '범부'와 '대장부'를 떠올린다. '대장부'란 사회에 나가 큰일을 하며 역사적 인물이 되는 것, 또한 일대사를 해결하겠다고 출가를 하여, 자신을 엄격하게 다스리는 길에 들어선 길을 '대장부'라고 받아들이고 있던 나의 견해를 다시 적는 시간에 든다. 이것은 마치 수행승을 '소승'이다 '대승'이다 나누는 것과 마치 무엇이 다르겠는가?

'대장부'는 '범부'의 역할도 잘 해야 '대장부'가 되는 것이라고 적어 본다. 가장 가까운 사람들에게 희생을 강요하고, 가족에게 아픔을 주면서 큰일을 한다고 나서는 길은, 어느 한 부분 또 다른 상처를 다른 곳에 심어 주게 되고, 그 상처 입은 싹들은 오랜 몸살과 통증을 겪게 되지 않겠는가?

천리 길도 한 걸음부터, 돌다리도 두드리며 건너라.
집에서 새는 바가지 나가서도 샌다.

어려서부터 들어왔던, 어른들의 이런저런 격언들은, 아주 오랜 옛적부터 대대로 이어져 내려오며 은연중에 뿌리를 내리는 교훈이 되고 있지 않았겠는가?

산중거처에 찾아오는 사람들의 일상적 고민들은 부처님 경전의 가르침을 강론적으로 해도 전혀 받아들일 입장에 있지 않다. 그 필요성도 느끼지 못한다. 당장 경제적으로 가게 문을 열어야 하나, 옮겨야 하나, 학교를 보내야 하나, 말아야 하나, 혼인을 시켜야 하나, 말아야 하나 등등…이 가로막는다.

나는 이러한 고민들을 대할 때마다, 참으로 난감하고 만감이 교차하는 것이다. 그저, 듣고 기다리는 수밖에 별도리가 없지 않은가!
그 고민으로 인한 근심의 시간을 어떡하면 잘 넘길 수 있을 것인가? 이러한 근심에 싸여 우왕좌왕 헤매는 것을 조금이라도 안정이 될 수 있도록 하는 것 외에 달리 방법은 없는 것이다.

안심입명安心立命
안심安心 ; 편안한 마음, 禪定
입명立命 : 귀의, 또렷
인생 최고의 해결 답안은
'안심입명'이다

"우선, 마음을 편안히 하세요."

절에 기도를 하러 오더라도 '부처님'이 해결해 주시고, 스님이 해결해 준다는 생각을 버려야 한다. 물론, 부처님께서 해결해 주시는 것이 맞다. 그러나, 불안하면, 귀의가 되지 않는다. 편안한 자리가 '법석'이 되고 '법석'이 청정하여야 '귀명'이 된다. '자신의 마음'이 '법석'이 되어야 '귀명례'가 되어 완전한 '귀의'가 된다. 그리하면, 본성으로 돌아가 일체 망념에 끄달리지 않는 자리에서 '귀명' '밝음'의 빛이 '반조'가 되는 가운데 '참회'가 일어나고 '참회'의 끝자리에서 '가피加被'를 만난다.

‘가피’란 어둠의 장막이 깨끗해지는 순간을 말한다. 스스르 풀리는 것이다.

“고민하지 마세요.”

“우선 기다리세요.”

“나의 잘못은 없었나 먼저 생각하세요.”

“자식이라도 내 마음대로 만들려고 하지 마세요.”

“우선, 무엇이 가장 힘들었나 물어 보세요.”

얼마 전, 자녀분의 사춘기 갈등 속에서 고민을 가지고 왔던 분이, 어제 다시 산에 올라왔다. 마음을 잡고, 학교생활에 충실하기로 했다고 한다. 얼마나 반가운 일인가!

불교란 다른 것이 아니다. 바로, ‘인과’를 믿는 것이다. 현재의 상황은 반드시 ‘원인’이 있어서 현재의 ‘결과’가 있는 것이다. 씨앗이 자라 잎이 자라고 열매가 있듯이, ‘현재’는 반드시 ‘과거’에서 이어져 현재로 가고, 현재가 미래로 연결되는 것이지, 과거 따로, 현재 따로, 미래 따로 있는 것이 아니다.

시간의 연속으로 지나갔다고 다 사라지는 것이 아니라, 잊혀지는 것일 뿐이다!

잊으려면 다 잊으라!

깡그리 잊으라!

그리고, 자신의 잘못은 반드시 뉘우쳐라!

참회하지 않으면, 잊으려할 뿐 지워지지 않는 것,

오늘, 나의 잘못을 바로 참회하라!

그리고, 원망하지 마라!

원망하는 마음은 '씨앗'에 독을 입히는 것,

마음의 '밝음의 씨앗'이 '등불'이 되어 스스로 먼저 밝히자.

모든 존재는
살아남아야 한다

가을이 오기 전에 한 번씩 맞이하는 손님은, 여름을 지난 열매들이 결실을 거두기 전에 싱싱한 과육이 익어갈 때를 맞추어, 장마가 오거나 태풍으로 한 번씩 생물들이 겪어야 하는 마지막 관문이다.

농부는 여름한철 땀 흘려 지은 농작물이 태풍에 스러지고, 비에 쓸려가는 현실 앞에 망연자실해지기도 한다. 수해로 인해 터전을 잃은 사람들은 자기 터전을 버리고 이주를 하기도 하고, 수해로 인해 논밭이 허물어지면 다시 손을 보아 자기 땅을 지키고 있는 사람들도 있고, 태풍으로 손해를 보면 바람에도 날아가지 않는 하우스를 지어 재물적 손실을 줄이려고 한다.

인간의 지혜는 무궁무진하지만, 개선할 수 있는 방법을 번연히 알면서도 형편이 되지 않아 언제 수해가 닥칠지도 모르지만 자기 땅을 지키며 농사를 짓는 사람들도 있다. 비단, 농사뿐만 아니라, 인간은 이런 망연하고 막연함 앞에서 탄식하기보다는 '복'이 이어져 자신에게는 불행한 일이 다가오지 않도록 기원하고 발원하게 된 시작이 '종교의 탄생'으로 이어져 왔을 것이다.

개미는 장마가 오기 전에 줄을 지어 이사를 한다. 그 많은 덤불 속의 벌들도 태풍이나 장마가 오려면, 사람이 사는 헛간이나 처마 아래 자꾸만 집을 지으려고 한다. 벌들이 처마 밑으로 날아들기 시작하면 이삼일 안에 큰 비가 오거나 태풍이 온다. 저마다 살 궁리를 한다. 땅 속의 설치류들은 보다 깊이 굴을 파는 일을 할 것이다. 어쩌면 과학문명은 자연이 빚어내는 지수화풍地水火風의 인연으로부터 인간 자신을 보호하고 지켜내기 위해 보다 발전되고 진화되는 것이 아닐까 한다. 그러나 자연은 생태의 보존과 확산, 개체의 수를 늘이고 줄이는 일을 인간의 영역에서 관장하는 것을 원치 않는 것이다.

모든 살아 있는 존재들은 살아남으려 한다.

인간이 자기 것을 지키려는 수단은 당연한 일일 것이다. "장마가 와서 떠내려가면 할 수 없지 뭐, 하늘이 하는 일이니까." 이런 마음으로 농사를 짓는 농부는 없을 것이다. "안 팔리면 할 수 없지 뭐." 이런 마음으로 장사를 하는 사람은 없을 것이다.

자연은 자연대로 자기 일을 하는 것이고, 농부는 농부대로 농사를 짓는 것이고, 기술자는 기술자대로 기술을 증장시키는 것이고, 학자는 학자대로 학문을 연구하는 것이다. 수행자는 수행자대로 자기의 마음 밭을 갈고 닦는 것이다. 문명은 날로 발전하여, 학교에 가지 않고도 원격으로 공부를 하고, 회사에 서류도 원격으로 보낸다. 지금은 지혜를 구하러 짐을 꾸려 몇 날 몇 일 또는 몇 달을 걸어 선지식을 찾아가는 시대도 아닌 그런 문명 앞에 우리 모두는 있다.

각종 지식단체와 종교단체는 무형유형의 큰 집이다. '집'은 일단 지으면 집을 지은 목적이 분명히 있다. 지식이나 문화 종교의 단체는 그 단체의 분명한 목적 즉 '사회공익'의 개념으로서의 명실상부한 이익을 나누는 실다운 목적성이 개인의 사고와 맞닿아 형성되어 나가는 것임은 두 말 할 나위도 없다. 많은 단체들이 본래 목적이 불분명해지고, 단체 수장들의 의견 대립으로 인한 갈등으로 와해되기도 한다. 인간의 차원적 세계관으로 인한 정신문화의 영역까지 '자연의 흐름'에 따라 생성 진화 소멸 되는 그러한 인연법으로 여기기엔 좀 무책임한 변론이라 말할 수 있지 않을까.

이제는 다원화 시대이다.

모든 것이 거미줄처럼 연결되어 일거수일투족이 낱낱이 기록으로 남아 공유되고 연계되는 시대이다. 특히 '종교단체'들도 이제는 변화되는 시대를 거슬러 '아집'으로 일관하는 시대는 끝났다. 어쩌면 군 입대처럼 국가 의무를 수행하는 일이지만, 청년들이 그 과정을 거쳐 정신과 육체가 단단해져 사회로 돌아와 자기 분야에서 충실한 동량이 되듯, '종교단체'의 수행자로서의 역할도 사회와 동떨어져 '신성한 섬에 사는 사람들’처럼 사는 시대는 분명코 아닌 시대에 와 있다.

종교인도 직업이 있어야 한다.

전문지식인도 종교인이 될 수 있어야 한다. 수행은 가장 먼저는 ‘자기 자신’을 위해서 하는 것이다. 신부님도 의사로서 사회봉사를 할 수 있고, 스님도 의사로서 환자를 돌 볼 수 있어야 하고, 음악을, 춤을, 운동 등 자기 자신이 갖고 있는 역량을 마음껏 발휘하고 서로 함께 발전해나가는 그런 시대에 와 있지 않은가 한다. 목사님이지만 교회에서 설교를 하지 않고 농사를 짓는 목사님도 계실 것이다. 천주교에서는 ‘수사修士’ 제도가 있어 자기 직분에 충실하며 하느님께 봉사하는 제도가 있어, 그분네들에게 학업을 위한 모든 지원을 아끼지 않는다고 들었다.

누구나 도제 양성을 위한 지도자로서 살아갈 수는 없다.

지식 전달에 충분한 지식과 지혜, 그리고 무엇보다 역량과 지도자로서의 소양과 적성이 맞는 사람들이 ‘도제양성’의 지도자로서의 직분에 마땅할 것이다. 단체의 지원으로부터 동떨어진 ‘개별 수행자’(일명 ; 토굴살이, 독살이) 수행자들은 모든 것을 자급자족하며 수행한다. 농사꾼으로, 자연인으로, 약초꾼으로.

그렇다면 그들이 생명 유지를 위해 갖는 직업을 나무랄 수 있겠는가?

수행자들도 '직업정신'을 갖는 게 맞다. 얻어먹는 정신으로 일관하는 것은, 자못 정신마저 게을러지고 수행자로서의 정신이 '거렁뱅이'처럼 누추해지게 되는 것이다.

장마와 태풍 이야기를 하다가, 수행자의 직업관까지 하게 된 것은, 지금의 종교 다변화시대에 따른 일명 '종교재해' '종교수난'이 진행되는 시대의 흐름 또한 '자연의 흐름'의 한 부분인 "제행무상. 제법무아. 열반적정"의 세 가지 변하지 않는 가르침을 설하신 고타마 석존의 삼법인三法印의 사상적 기틀 안에서 벗어날 수 없다는 것을 말하고 싶은 것이다.

살아야 한다. 자기의 생명의 소중함을 알고, 그 소중한 '자기 존재'와 동떨어지지 않은 '진아'의 성성한 별이 또렷이 자기 안에 빛나는 사람은 태풍에 스러진 사과밭의 처참함을 보고, 한 그루 사과나무의 삶과 농부의 인생을 본다. 그리고, 한 그루 사과나무의 거센 풍파를 딛고, 오늘 찬란히 빛나는 태양빛에 한 알의 붉은 사과 알이 영롱하게 빛나는 이 순간을 본다. 그리고, 푸르른 태양 아래 과육의 몸속으로 천천히 들어가 본다.

젖과 꿀이 흐르는 땅이 어디에 있는가?

가을

산골 계류처럼 내 목소리도 맑아졌다.
인간 세상이야 코로나로 난리였지만
자연의 계절이란 어김없는 법,
먼발치에서 서성거리던 가을이
슬며시 다가왔다.

사랑은 그냥
얻어지는 게 아니다

새벽이다!

눈을 뜨자마자 전기 주전자에 스위치를 넣는다. 오래된 습관을 즐기며 사는 나는 복이 많은 사람이다. 간단하게 양치를 하고, 눈꼽을 떼고 오면 물은 이미 끓고 있다. 하루의 시작을 달콤한 커피 한 잔으로 시작하는 오래 된 습관은 나의 호사가 되었다. 촛불을 켜고, 다시 전기 스위치를 넣고 찻잔에 막대 커피를 털어 넣는다.

큰 절에서 어른 스님을 모시고 있을 때는, 움직이는 소리도 최소한 줄여가며 사뿐사뿐 뒤꿈치를 들고 걸으며 새벽예불을 준비한다. 불전에 예불을 올리기 전엔 묵언이다. 물론, 물 한 모금도 마셔서는 안 된다. 도반들과 일체의 대화도 금지되어 있다.

나는, 그런 일상이 좋았다. 일체의 망념이나 잡된 생각으로 이루어지기 일쑤인 일상에서 배제된, 가장 물들지 않은 마음을 불전에 헌공하는 것이다.

'심즉시불'은 이러한 순간을 말하는 것이다.

물들지 않은 청정한 그 '순간'을 이어가려는 노력이 '수행'이다.

'행해입문'이라는, 산문에서의 예비수행자의 덕목을 총정리 해놓은 지침서도 있지만, 우리가 사람으로서 살아가는 데 화합을 위해 서로 지켜가는 예의와 그렇게 동떨어져 있지 않다. 특수한 상황 조건이 까다롭고 엄중하게 느껴질 뿐이지, 실상 단체에서의 규범은 '단체유지'를 위해 최선의 '화합'을 이끌어내기 위한 조건인 것이다. 개개인이 그 조건을 지킬 때 단체의 일원으로서의 역할을 할 수 있다는 것을 말한다. 그 상황을 충분히 이해하면 그리 어려운 것이 아니다.

같은 조건 같은 상황이건만 유독 번민이 많고 힘들어하는 경우는 당면한 현재 상황을 잘 이해하지 않는 데서 기인한다. 촉각을 세워 경계심으로 의심부터 하는 자세는 신체기능에 '경고신호'를 준다. 그 '경고신호' 등을 자꾸 보내게 되면, 대수롭지 않은 일에도 '경고등'이 켜지는 것이다.

사람들이 사소한 일에 고통을 느끼는 것은 바로 '자기보호'의 위기감이다. 깜박깜박 불이 켜지고 곧 방전이 되어, 스스로 한 약속도 잊어버리고, 그 자리에는 또 다른 '위기의식'이 신호등을 켜려고 하는, 그야말로 악순환의 고리를 겪는 많은 사람들이 있다.

나 자신이 이러한 분야에 정통은 아니지만, 오랫동안 억눌리고 스스로 자기억제를 하는 과정에서 분화구처럼 솟구치는 에너지의 교란을 몸소 겪었기 때문에, 이 분야에 밝아지게 된 것이다.

이런 문제로 고통의 짐을 지게 되는 경우는 가정과 사회에서 '갑'과 '을'의 비대칭적인 유대감에서 파생된다. 우리 사회는 그런 문제로 많은 부조화 속에서 '피해의식'과 '패배의식'을 조장해 나가고 있다. 가정과 이웃 사회에서 원만한 '대화법'을 연구해가며 서로에게 배려하는 자세가 필요할 것이다. 두 사람 이상은 '사회'이다. 사람과 사람끼리의 부조화는 대부분 사소한 것에서 비롯된다.

인간의 오욕락의 기준에서는 명쾌한 답을 얻을 수 없다. 이 부분에서 '안이비설신의'가 빚어내는 '천만가지 상像'을 공空으로써 환기시키는 것은 대단히 월등한 '최상승의 자기연마'의 지혜를 빌리는 일이다.

'조견오온개공도일체고액照見五蘊皆空度一切苦厄' …오온이 모두 공함으로 비추어보고 일체의 고액을 건넌다. 불교의 핵심사상이 '반야심경'에 집합되어 있다. 어떠한 경전 한 권을 완전히 이해하여 수행지침으로 삼고 나가면 다른 경전도 쉽게 눈에 들어오고 마음에 새겨지는 것이다. 바로 '심즉시불' '즉심시불'의 자세에서 '이해의 강'이 흐르고 그 위에 스스로 배를 띄어 흐르는 것이다. 얼마나 아름답고 멋진 일인가!

'향상된 정신영역'의 총체적 컨트롤 타워는 물론 '사랑'이다. 모양도 모습도 없는 포괄적 긍정에너지의 원천이, '사랑'이라는 아름다운 샘물은 모든 부조화의 불협화음을 개선하는 위대한 힘이다.

'사랑'은 인간이 가진 '이해의 감정'을 통로로 그 빛을 선사한다. '이해'는 자기의 영역이지만, 그 또한 나는 '원대한 사랑'이 준 선물이라고 믿는다. 어쩌면, 인간은 '사랑'을 얻으려 평생을 허비하는 것이다.

그 사실을 깨닫게 하는 것이 모든 종교의 역할이다.

마음의 벽을 허물지 못하면 모든 종교서적을 총망라해서 읽어도 아무 소용이 없다. 때묻은 마음에서는 '지식'이 '날조'가 된다는 것을 감히 언설한다면, 지나칠 것인가?

젊은 날, 시간이 많아 날밤을 새우기 일쑤였던 나의 오래 된 습관은, 꼭두새벽에서 아침으로 이어지는 시간의 경계선을 나름 정하고 있었던 것 같다. '시간이 많다'는 것은 잠을 자지 않고 고뇌하였다는 것도 된다. 그 시절을 기억하는 것이 나쁘지 않다. 어쩌면 어리석고 어쩌면 순진하고, 어쩌면 멍청하기도 한 시절이 아니었던가? 어떠한 고뇌든 깊이 몰입하는 것은 훗날, 몰입의 밀도만큼 그에 관한 나름의 '해석력'도 키워졌다는 것을 말하고 싶다.

새벽 3시 전까지는, 내게는 오늘이 아니고 어제로 금을 그었다. 이러한 시간의 계획 또한 내게는 오래 전부터 있어 온 일이다.

푸르스름한 새벽이 되면, 나는 신성하고 성스러운 그 차갑기도 한 몇 십 분의 시간을 경건한 마음으로 맞이했다. 아니, 맞이해야 할 것만 같은 강렬하고 경건한 이끌림이 있었다.

예전, 등단 작품으로 17편의 시를 보낸 것 중에 「아침」이라는 시가 있다. 외우지는 못한다. 대표작으로 선정된 「아침」은 나로서도 꽤 흐뭇한 시였다.

밝아오는 새벽을

창호지 문밖으로 다가서는 '눈 크신 성자'
언제나 부끄럽고 자신 없는 나를
'고개 들지 못하는 백일홍아!'

'어머니의 옥양목 저고리'를 떠올리며 「아침」의 시 속에 모든 나의 각오를 적었던 것 같다. 그 시가 어딘가에 있을 것이다. 나는 언제나 어머니를 존경했고, 더러 성을 내시는 어머니의 곱지 않은 모습을 볼 때도, 평소 인자하시고 훈훈했던 그 모습으로 성난 어머니의 모습을 지워버렸다. 나는 그만큼 어머니를 믿었다. 내게 피폐해지고 패여 가는 어머니는 아예 등장을 시키고 싶지 않았다.

우리가 살아가면서 어른에게 배움을 받지만, 때로는 젊은 사람을 통해서도 깨닫게 된다. '슬픈 어머니'의 옷자락을 살며시 잡으며 어머니의 얼굴을 조용히 바라보았던 순간이 있었다. 그 뒤로, 어머니는 통곡을 하시거나, 뒤꼍에서 몰래 소주를 뚝 따 마시는 일을 하시지 않았다. 그것은 어린아이가 무엇을 그리 잘 알아 이루어지는 일이 아니라고 본다. 어머니의 아름답고 성실한 삶이 바탕이 되고, 어린 나는 그 자리에 있었던 것이다. 참으로 신묘하고 조화로운 적절한 사이클 안에 어머니와 내가 있었던 것이다.

깨우침은 그러한 순간에 기적처럼 다가서는 것이다. 우리는 매일매일 그러한 선물을 받고 살아가는 것이다. 그만큼 내게 있어, 어둠이 서서히 사라져가며 아침이 다가오는 그 시간은 하루 중 내게, 많은 무언의 지침을 받는 시간이라고도 할 수 있다. 푸르스름하고, 한여름에도 서늘하기도 한 그 시간은 사계절이 항상 같은 느낌으로 다가온다. 그 시간만큼은 가장 경건하게 맞이하려는 것이다.

그런데, 나는 부처님 전에 청정수를 올리기 전에 커피를 한 잔 마시고 일어서는 것이다. 큰 절 대중방에서 생활한다면 어림도 없는 일을, 나는 과거습관을 되살려 즐기고 있는 것이다.

나의 배짱이라면 배짱이라고 해도 좋다. 달달한 커피 한 잔을 마시고, 정신이 맑아지고 기운도 나서 마당에 서서 우렁차게 '도량석'을 하면 더 좋은 거 아닌가 말이다. 엄한 규율 안에 들어가면, 나도 물론 예불 전에 커피를 마시지 않을 것이다. 나는 나의 이러한 융통성이 마음에 든다. 이 산에서만 십년을 용감하게 살았으니, 불보살님께서도 너그럽게 봐주시리라는 나의 믿음이다. 호기라면 호기라고 해도 좋다. 나이 육십에 달달한 커피 한 잔 마신다고 누가 나무랄 사람이 있는가. 설령 꾸지람을 한다면 조용히 듣고 나는 내일 다시 새벽에 커피를 마실 것이다. 이쯤에서 한 번, '하하하' 웃어야 하지 않겠는가?

사랑은 얻어지는 것이 아니다.

서울에서 부산을 가려면 자가용으로 운전을 하거나, 돈을 지불하고 차표를 사서 차에 몸을 실어야 한다. 그리고 차가 목적지에 도착할 때까지 시간을 기다려야 한다. 대단히 적절한 표현이다. 결코 댓가를 바라지 않는 그 '사랑'은 우리의 '이해解'와 '지혜慧'를 통해서 마주하는 것이다. 불교적인 언어로 부언 설명한다면 '지止'와 '관觀'으로써 '청정심'에 등불을 밝히는 것이다.

맑은 샘물에서는 땅에 가라앉은 작은 돌들이 보인다. 깨끗하고 맑은 물에는 장구벌레도 없고, 개구리도 알을 낳지 않는다. 무언가 붙잡고 의지할 구석이 있어야 알도 슬고 서식도 한다. 물이 솟구치는 자리에는 머무를 환경이 되지 않는 것이다.

　'집'이란 그런 것이다. '안식'이란 그런 것이다. '평화'란 그런 것이다. '가족'이란 그런 것이다. '단체'란 그런 것이다. '환경'이란 그런 것이다

　적당한 소음이 언제나 일어날 수밖에 없는 것이다. 그것이 '사회'이며 '집단'이다. '공동체'로서의 질서와 화합을 위해 끊임없이 상황이 전개되는 것이다. 화합은 대상의 허물을 드러내려고 하면 반드시 소음이 발생한다. 상대의 허물을 벗기려는 순간, 상대는 벗겨지지 않으려 안간힘을 쓰고 '방어태세'로 돌입한다. 이것은 모든 살아있는 것들의 본능적 자구체의 행동반사이다.

　'자정自淨의 힘'을 기르는 것은 역기능이 아니라 순기능이다. 적당한 소음은 공동체가 활성화되는 자연스런 과정이다. 물이 솟구치거나 너무 깨끗한 자리에는 '집'이 없다는 사실을 인지하자.

지금 나의 주변이 시끄러운가? 그 시끄러운 원인이 무엇인가? 그 때, 먼저 '나'를 바로 잡는 것이다.

오늘 새벽 달달한 커피 한 잔을 마시며, 지금의 즐거움을 누가 나무라시려는가? 나의 처소에서, 소음 없이 여유 있게 마시는 차 한 잔의 복을 누가 가져가고 싶으신가?

내어줄 만한 것이 없는 사람에게는 빼앗으려는 자, 또한 나서지 않는다!

자유는 어디에서 오는가?
누가 당신을 붙잡았는가?
누가 당신을 밧줄로 감았는가?

우리는 누구나 스스로 선택한 '집'에 있는 것이다. '고뇌'는 번민이 아니라, '과제물'인 것이다. 꼭두새벽에 마시는 달달한 커피 한잔의 여유는 '과제물 정리'의 시간인 것이다. 감사의 순간이다.

예년에 없던 긴 장마와 맞물려 태풍을 끝으로 어김없이 가을이 왔다. 새벽녘에 어깨가 서늘하여 잠이 깬다. 사나흘 먹구름이 간간이 비를 뿌리고는 바로 높푸른 하늘과 두둥실 떠 있는 뭉게구름을 선사한다. 내게는 이런 순간이 경이롭기만 하다.

이번 가을은 더욱 값지고 귀한 가을이다. 역질 코로나19도 이제는 익숙해지고, 철저한 개인위생과 방역으로 ‘자기지킴’과 함께 ‘사회지킴’으로 국가의 방역대책과 긴밀한 협조가 있어야 한다는 뚜렷한 방책을 실천하며 ‘국가 공동체’의 일원으로서 힘을 모으는 길뿐이다. 누구나 겪는 고통을 함께 위로하며, 위기극복의 자세로 ‘밝은 지혜’의 등불을 함께 밝혀야 한다.

먼동이 튼다. 새벽안개가 짙다.

시집 『꽃이 되는 시간을 위하여』
덕분에 많은 독자를 얻었다.
지난여름 대홍수 때 입은 피해도 수습하고
성큼 다가온 가을날 하루하루가 반갑고 소중해
커피 한 잔의 여유도 되찾았다.

어머니와
백일홍

귀뚜리 소리가 벌써 들립니다.

　새벽안개 짙은 푸른 숲 언덕에 붉은 백일홍이 선명한 아침이다.

　이십여 년 전 「아침」이라는 시를 쓸 때는, 창호지문에 꽃을 넣어 덧바른 문에 비친 여명을 떠올리며, 그 푸르게 밝아오는 이른 아침의 신선하고 청명한 대기와 함께, 우리 민족의 정신을 그려넣고 싶었다.

　나는 어머니의 강인함과 덕 높으심과 자비하신 마음을 떠올리며 나의 가슴에, 내가 기억하는 모든 어른들을 어머니와 함께 나의 마음 한 자락에 깊이 넣어두고 자주 꺼내본다.

나는 지금도 새벽이 밝아올 때 창호지 문에 비친 푸른 여명을 떠올린다. 그리고, 어머니의 흰 수건도 함께 그 창호지 문살에 비친다. 나의 아침은 언제나 그렇게 다가온다.

어머니는 늘 머리에 수건을 쓰셨다. 일을 하시려면 왜 머리에 수건을 쓰셨던 것일까?

어릴 적 아궁이에 참나무 마른 가지 가랑잎을 불쏘시개로 쓰기도 했지만, 소나무 가지를 친 청솔가지를 때기도 하였다. 어쨌거나 음식을 만들려면 여름에도 불을 때서 화로에 담거나 하여 찌개를 끓이기도 하고 전도 부치고 했는데, 어머니는 손님이 오시면 어찌도 그렇게 빠른 손놀림으로 한 상 음식을 순식간에 내 오실 수가 있으셨던 것일까? 아궁이에 불을 붙이는 것을 먼저 하시고, 가마솥에 뜨거운 물이 밑바닥에 어느 정도 있고, 그 솥 안에는 언제나 식기의 뚜껑이 닫힌 밥그릇을 담아두시고, 아궁이에는 언제나 불이 꺼지지 않도록 개비를 넣으시고 아궁이 문을 비스듬히 열어두시는 것으로 불 조절을 하신 것이다. 그러니, 바로 불을 지피시고 아궁이 장작을 앞으로 꺼내어 그 위에 뚝배기를 얹어 맛난 찌개를 금방 끓이신 것이다. 그리고, 불이 살아 있는 숯을 꺼내어 화로에 얼른 담으시고는 석쇠를 얹고 바로 생선이나 고기를 굽는 것으로, 그야말로 음악을 연주하듯이 리드미컬하게 찌개나 구이를 불을 붙여 바로 준비하시고 음식이 익는 동안 준비된 밑반찬을 손님상에 차리고 수저를 놓고 식기의 밥을 꺼내놓을 동안 미리 올려둔 국이나 찌개, 구이 등의 음식이 순식간에 준비되는 것이었다.

참으로, 기가 막히다. 한순간에 소음 없이 부드럽게 절도 있게 완성되는 것이다. 참으로, 멋진 한순간이다.

어머니는 마루에 상을 얹으시고, 앞치마에 손을 슥슥 문지르시며, 입가에는 희미하고 조용한 미소를 지으시는 것이었다. 나는 그런 어머니를 언제나 함께 내 가슴에 모시고 산다. 힘이 들거나, 지치거나, 외로울 때나, 슬플 때나, 내 가슴 깊이 모셔 둔 어머니는 지금도 조용히 말씀을 건네시기도 하신다. 그리고, 더러는 꿈속에서 예전의 모습으로 만나기도 한다.

나는 지금 이런 말을 하고 싶다.

"우리, 멋지게 살다 가자!"

'멋지다'는 것은 어떤 것일까? 우리는 끊임없이 질문을 스스로에게 던질 필요가 있다. 그 '질문'은 바로 '밝힘'이다. 서서히, 장막을 벗겨내는 것이다. 그리고, 우리의 가장 깊은 '본심'과 마주하는 것이다. '멋지게 사는 것은 무엇일까?' 매일 아침 스스로에게 묻는 것이다. 그러면, 당신의 가슴 깊은 곳에서, 은근하고 깊이 있는 울림으로 답을 한다. 바로, '나'가 '너'가 되는 순간이다.

'나'가 '너'가 된다?

스스로 묻고 스스로 답하는데 어째서 '나'와 '너'가 있는가?

있다! '나'가 '너'가 찰나의 시차 없이 함께 묻고 함께 답한다. 당신은 그런 경험을 한 적이 없는가?

이기적인 생각을 하는 '나', 이성적으로 생각하는 '나', 이성적으로 생각하는 '나'가 바로 '너'다. 스스로 비추어 거울의 입장에서 말을 건넨다. 그럼, 우리는 우리 안에 둘이 있다는 말인가? 아니다. 수도 없이 많이 들어있기도 하고, 전부 사라지기도 한다.

여러분은 지금 이 상황이 굉장히 혼란스럽고 당황스러우시겠지요?
저의 답을 드리겠습니다.

'나'도 실존이 아니고 '너'도 실존이 아닙니다. 우리가 어떤 생각을 일으키는가에 따라, '나'가 주관이 되어 그 생각의 의도를 정확히 알고자 하는 노력을 합니다. 그 다음은, '너'가 주관이 되어 '나'라고 하는 그 생각의 의도를 정확히 알고자 하는 노력을 합니다.
이것을 아셔야 합니다. '나'는 어디에서 있고, '너'는 어디에서 왔는가입니다. 그러면, 당신 안에 '나'와 '너' '우리' 그리고 다른 존재들이 함께 공존합니까? 그것은 당신이 그 배역을 안배합니다.

그 배역을 안배하는 당신, 그 주인공! 그 '주인공'의 실체를 어디에서 만나시겠습니까? 우리들의 탁월한 능력이 발휘 될 때는 '주인공'이 등장한 때입니다. 여러분은 이것을 집중해서 들으십시오!

당신이 '나'라고 하는 그 실체는 가짜입니다. 그럼 누가 진짜입니까? 가짜, 진짜도 없습니다. '가짜'라고 해놓고 가짜가 없다? 도대체 이런 언어도단이 어디에 있단 말입니까? 이것은 함정이 아닙니다. '나'라고 하는 것과 '너'라고 하는 것의 실체는 자기 안의 이기적인 의식의 흐름이 만들어낸 규합입니다. 여기에서 '나'와 '너'라고 하는 이분법적 가름, 또는 인식작용의 실체를 통제하는 시스템이 있습니다.

이것에 속지 마십시오. 그 나와 너의 실체를 통제하는 시스템이 '부처' 또는 '하나님'이라구요?

보십시오! 여러분은 '부처'를 그렇게 쉽게 만나지 못합니다. 함께 한다는 하나님도 우리는 '규명'하여 확실한 존재로 만나지 못합니다. '나'와 '너'를 통제하는 시스템도 가짜라면 어떡하시겠습니까?

이 답은 물론, 당신께 있습니다. 당신의 '지극한 마음' 지극한 믿음‘ 지극한 자세’입니다. 그것이 ‘삼귀의’입니다.

‘귀의불’ ‘귀의법’ ‘귀의승’.

바로 ‘세 가지 지극한 정성스러운 마음’이 당신을 통제하는 시스템을 주관하는 ‘부처’의 손길을 만난다는 것입니다. 쉽게 말씀드리면, 당신이 부처를 조성하고, 부처를 파묻고, 부처를 후광에 놓는다는 것입니다.

여러분은 없습니다. 거대한 바다 위에 비어 있는 배 한 척일 뿐입니다. 망망대해에 주인 없는 배가 파도에 출렁이고 있습니다. 그것이 당신이라면, 믿으시겠습니까?

우리의 어머니!
우리의 아버지!
우리의 형제!
우리의 이웃!

이 속에 부처가 함께 있습니다. 그러나 그들의 욕망과 이기심이 ‘부처’를 가리고 있습니다. 우리의 어둠을 벗겨내어 그 실체를 드러내는 일이 부처를 만나고 당신과 내가 부처와 ‘합일'되는 순간입니다. 그것은 분명, 부처의 빛나는 눈부심이 우리의 모든 악을 소멸시키고, 오직 그대가 괴로움과 고통에서 벗어나기를 그 '주인공'은 항상 염원하고 축원하며, 당신을 일으켜 세운다는 것입니다.

오늘 새벽이 먼동이 트고, 오늘 아침 짙은 안개 속에 저토록 선명한 선홍색 백일홍이 밤새 등불을 켜고 있었나 봅니다. 참으로 선명합니다. 참으로 어여쁩니다. 우리 어머니 송화빛 빛바랜 옥양목 저고리 같은 노란 백일홍은 여전히 어머니의 은은한 미소 같습니다.

어머니!
어머니께서 이렇게 여름이면 오시고,
가을이면 상수리 열매 툭! 떨어지는 소리로,
겨울이면 눈 덮인 무거운 나목이 부러질 때! 산짐승처럼 숨 가쁘게!
그러나, 짙은 염천의 삼복에는 이렇듯 다소곳하고 조용하고 은은하게! 소리 없이 이 새벽 나의 어깨를 일으켜 세우시며!

뜰 앞에서 백일동안 밤새워 저를 위해 등불을 켜시고 계십니다!

어머니!

부처라는 이름보다 어머니가 더 좋습니다. 그런데 부처님께서 어머니께도 계시고, 제 안에도 계신다니 어머니를 부르는 순간 부처께서도 함께 저를 보시겠지요! 제가 저를 유심히 볼 때, 부처께서도 저를 보시고, 또한, 제가 부처님을 우러러 본다는 것을 믿습니다.

어머니!

우리 다시 만나면 밤새도록 이야기 나누며 함께 고운 백일홍 빛 옷을 지어요. 은은한 미소, 달빛 저고리, 복숭아 빛 치마, 포도색 반회장으로.

귀뚜리 소리가 벌써 들립니다.

다듬이질 소리도 들려옵니다.

아침이 밝아오는 소리는 푸르게!

가을이다,
우리도 사랑을 하자

가을이다.

귀뚜리들이 노래하고 있다.

여름의 끝자락이면 어김없이 방이나 창고의 문을 열면 한두 마리씩 튀어 오르는 귀뚜리들을 보며, 가을 엽서를 읽듯이 귀뚜리들을 바라보았다.

저 하늘 어느 별에서는 언제나 음악이 흐르고, 노래로 마음을 나누고 전하는 분명 아름다운 '노래별'이 있다고 믿으며, 높이 튀어 오르는 귀뚜리들에게 눈길을 맞추며, 귀뚜리가 꼭 '춤추는 악사'처럼 생겼다고 혼잣말을 읊조리기도 했다.

그 새, 가을이 성큼 깊어진 모양이다. 바람결이 연신 창문을 두드린다. 귀뚜리들도 그에 질세라 한층 소리를 높인다.

말이라는 것이 잘하면 거짓이요, 못하면 흉이 될 바에야, 귀뚜리들의 속내라도 아는 듯, 혼잣말처럼 중얼거려 본다.
귀뚤 귀뚤 귀뚜르르…
귀뚜리 소리는 수컷들이 암컷을 부르느라 앞날개를 부비며 내는 소리라고 한다. 우리는 그 소리를 노래라고도 하고, 연주라고도 한다.
<u>또르르르 또르르 똘 똘</u>

어릴 적 마을에는 우스갯소리 잘 하시고, 흥도 많고, 아웅다웅하는 아낙들 그리고 중재 잘 하시는 중노인들이 계셨다.
상노인들은 집에서 손주나 증손주들을 돌보시고, 지금으로 말하면 60세 안 밖의 중노인들은 들에 나가 김을 매거나 모내기 추수들도 장정들과 같이 하셨다. 갓 시집 온 새댁이나, 과년한 처녀들은 참을 내오거나 점심을 내는 일들을 했다. 어머니나 아랫집 이모를 따라 들에 나가면 중간 중간 물주전자 심부름을 하는 일은 학교 가기 전 예닐곱 애들이었다. 둘러앉아

점심을 먹을 때는 막걸리도 있었고, 담배를 피는 할매들이 계셨는데, 그 중 양자네 할머니는 정말 우스갯소리도 잘하고, 어릴 적 유랑극단에서 본 연극마당을 완전히 외워서 혼자 밭에서 그렇게 재미나게 하셨다.

지금 생각해도 어디서 본 연극보다 더 재미있고 생생하였다. 마을사람 특징을 잡아 흉내 내기도 잘하시고, 담배를 피다가는 사십 남짓 아줌들을 부른다. "동세 이리 와, 한 대 피워. 얼굴에 기미가 시커멓게 되야서 서방이 이쁘다 하겄나. 기미 지우는 데는 이만한 것도 없다." 담배에 불을 당겨 두 모금 빨고는 건네기도 하고, 겸연쩍어 하는 아낙들에게는 바지춤 안주머니에 넣어 둔 담배쌈지를 꺼내어 멀찍이 던져주기도 하였던, 너무나 호방하고 먹은 맘이 없는 그런 분이셨다. 동네 심부름은 혼자서 다 하실 만큼 몸이 가볍고 걸음걸이도 날아다닌다는 소리를 들으셨던 분이다.

오늘 그 분이 생각난 것은, 어릴 적 밭둑에 앉아 그 어른의 재미있는 만담을 경청할 적에 유독 무슨 말인지 몰랐던 말이 오늘 귀뚜리 소리를 듣다가 떠올랐기 때문이다.

예전에는 마을 분들끼리 잘 지내는 이유는 순차順次가 있었기 때문이다. 바로 '장유유서'이다. 마을 상노인이 편찮으시면 인척이 아니라도 병문안을 갔고, 초상이 나거나 혼인 등의 경사도 반드시 웃어른을 모시고, 또는 이래저래 진행되는 가정의 애경사에 대해 말씀을 드리는 것을 도리로 알고 따르며 살았고, 직계 부모나 조부모가 아니더라도 내 집 어른처럼 공경하는 마음으로 대했고, 어른들은 학생이나 나 어린 아이들을 오며 가며 챙기고 보듬고 보살피셨기 때문이다.

젊은 사람들은 어른들이 말씀이나 걱정 어린 말씀을 하시면, 앞으로 손을 모으고 경청하고, 듣기 싫은 소리를 하셔도 "예, 예, 잘 알겠습니다." 이렇듯 구순하고 정연함을 만들어내는 순차에 대한 질서를 도리로 알고 지냈기 때문이다.

본론으로 돌아가서, '양자할매'가 우스갯소리를 하다가 젊은 아낙이 말 참예를 하면, 흔히 하는 말 중에 "알기는 칠월 귀뚜라미다."라는 소리를 자주 듣게 되었다.

어머니께 "양자할매는 '칠월 귀뚜라미다, 칠월 귀뚜라미다' 소리를 하시는데 그 말씀이 무슨 말이에요?"라고 여쭈면, "어른들 말씀하실 때는 잠자코 들으라고 하시는 말씀"이라고 하셨다.

알기는 칠월 귀뚜라미다.

음력 칠월이면 칠월 칠석이 있고, 더위도 한창이건만 칠월 하순이면 벼도 한창 익어가고, 알곡이 여물어간다. 음력 칠월 하순이면 팔월 중순이다. 이맘 때 쯤이면 귀뚜리가 한두 마리씩 눈에 띈다. 가을이 곧 온다는 신호이다. 귀뚜라미가 울어도 가을은 아니라는 말씀이다.

"알기는 칠월 귀뚜라미다."

날씨가 선선하여 가을이 왔다고 귀뚜리가 튀어나왔지만, 아직 가을은 아닌 것이다. 말하자면 가을인줄 알고 소식을 전하지만 아직 '가을'이 아닌 것이다. 이 말인즉 "알기는 안다만, 정확히 아는 것이 아니다"라는 뜻도 되고, "알기는 안다만, 안다고 나서지 마라"는 뜻도 있다는 의미이다.

귀뚜리를 핑계 삼아 옛 추억도 더듬어 보고, '말'에 대하여 다시 한 번 숙고하게 되는 시간이다.

'말'은 참 어렵다. '말'은 마음이다. 소통의 수단이며, 모든 학문이나 과학도 언어, 즉 말로써 증명한다. 심지어는 수행 연마의 과정에서도 문답으로써 후학에 대한 인가를 내리기도 한다.

'말'이라는 언어적 수단은 어쩌면 전부가 가져다가 쓰는 말이다. 굳이 설명하자면, 일상생활에서 필요한 말 이외에 대화의 과정에서 하는 말들은 대부분 불필요한 말이다. 그 말들이 유희적 화해적 수단 이외에 '가름(분별)'이 되는 대화는 자칫 서로 간에 감정을 상하게 하기도 한다는 것이다.

그렇다면, 말로써 이루어지는 소통은 대단히 예의를 필요로 하고 분수를 알아야 하고, 말로써 만들어지는 불필요한 질문이나 넘겨짚는 식의 대화는 감정의 파열음으로부터 부지불식간에 생채기를 주기도 할 수 있다는 것이다.

말은 어쩌면 '자기 잣대'를 접을 때만 상대에게 불편을 주지 않고 흉기가 되지 않는다는 것을 다시 한 번 아로새긴다. 물 잔에 물이 넘치면 쏟아지게 되어 옷을 버리기도 하고 쓸어 담을 수도 없게 되는 이치와 같다는 것이 된다.

오늘, 귀뚜리 얘기를 하다가 재담으로 박장대소하게 하시던 '양자할매'를 떠올리며, 지금은 옛사람이 되어 다시는 만날

수 없는 분이지만, 그 분의 시대를 초월한 탁월한 예능감으로
온동네 분위기를 언제나 확 휘어잡으셨던, 일자무식의 해박한
지혜를 다시 한 번 비추어 본다.

　귀뚜리가 제 철을 만나 사랑을 노래한다.
　가을바람이 문을 흔들어 적막함을 일깨운다.
　바람이 넌지시 말을 건네온다.
　계절이 오기 전부터 이미 익어진 사랑의 시간으로
　나와 너 우리는 이미 존재해 왔다는 것을
　생명은 시드는 것이 아니라는 것을
　오직 잉태의 시간을 잡는 순간으로부터 계절이 시작되었다
는 것을
　귀뚜리가 노래한다.

　사랑을 하자고
　말은 그대의 손을 잡으려는 것
　마음은 그대의 땅을 바라보는 것
　우리는 듣는다.
　오직 그대의 마음을

모든 언어적 유희를 너머
그 안에
내 안에
아주 오래 전 귀뚜리가 배워 둔 가을 노래를
때 맞춰 부른다.
가을이다!

"네가 돌아갈
곳은 없다"

귀뚜리 소리가 들려오는 아침이다.

귀뚜리들이 아직은 큰 소리로 노래를 하지 않는다. 가을이 깊어지지 않았음을 알고 있음이다. 어디선가 풀숲에서 "즈즈 즈즈 지지지지" 노래 연습을 하고 있다.

늦은 김장을 심기 위해, 풀 더미가 된 밭을 정리하기 전에 호스를 끌어다가 물을 뿌린다. 하루살이와 날벌레, 옷을 파고 들어 깨무는 벌레들과 벌을 내보내기 위해서다. 물을 먼저 뿌리고 밭에 풀을 뽑으면 땅도 물러져서 풀도 잘 뽑히고, 무엇보다 벌들이 풀섶에 집을 지었을 경우를 대비해서다.

농업을 생업으로 하는 농부들은 벌써 밭에 배추를 심어서 배추가 손바닥만하다. 나는, 언제나 뒤늦은 농사를 짓게 된다. 백중 전후해서 심으면 딱 좋은데 보름을 넘겨 버렸다. 계속해서 비가 내려서 밭을 정리하지 못한 이유도 되겠지만, 아마 게으른 탓이 분명하다. 그런 점에서, 나는 진실한 농부도 못 되고 비싼 밥 먹고 세월이나 붙잡고 노는 할 일 없는 사람으로 사는 사람이다. 특별히 잘 하는 것도 없고, 남 보다 부지런하다고 볼 수도 없고, 그렇다고 글이라도 특출 나게 잘 쓰지도 못하고, 풀섶에서 여름 내내 노래 부르는 베짱이하고 무엇이 다른 것인가?

얼마 전에 어머니 제사를 모시러 다녀오면서, 형제들의 살림살이 매무새를 보고, 나는 참 먼 나라로 이사를 와서 산 지 오래되었음을 실감한다. 구색 맞춰 꾸미고, 정돈하고 치장하는 즐거움을 안고 살아가는 모습이 대견하기도 하고, 신기하기도 하였다.

사람이 살아가면서 각자가 가지고 사는 '삶의 가치'가 비슷해야 서로 이야기 거리도 되고, '같은 빛깔'로 동류애로 서로를 대할 수 있을 것이다.

산으로 돌아오는 길 차 안에서, 진정 '수행이란 무엇인가?'를 스스로에게 물었다. 아직 나는 그 질문 안에 나를 가두고 있다. 그리고, 다시 한 번 스스로에게 넌지시 말을 건넨다.

"네가 돌아갈 곳은 없다."

모두가 부처님 나라이고, 모두가 부처님 세상이지만, 수많은 빗금과 빗금 사이, 그 사이에 발을 딛고 사는 사람들은, "어떡하면 덜 다치고, 어떡하면 보다 손해를 덜 보고, 어떡하면 좀 더 편안하게 오래 서 있을 수 있는가?"를 평생의 사슬로 묶여져 살아갈 수밖에 없다는 것을 생각했다. 그것은 너무나 당연한 일이건만, 소수의 부류들은 그 사슬(안전장치)을 스스로 박차고 다시는 묶이지 않으려 한다.

무엇 때문인가?

그것은 이기적인 선택인가?

나는, 이런 결론으로 스스로를 위로한다. "생래적인 것이다."라고.

불교는 인과因果를 믿는 종교이다. '인과'라는 것은 '원인'이 있으면 '결과'가 있다는 것이다. 그런 점에서 인간이 살아가는 과정 자체가 '윤회의 연속'이다. 그러므로, 전생도 믿고 내생도 믿게 된다. '과거의 나'를 알려면, 현재의 나를 보고, '내생의 나'를 알려하면, '현재의 나'를 보라는 말씀이 있다.

풀 더미 밭에 물을 뿌린 후, 장낫으로 풀넝쿨을 먼저 잡아당겨서 끌어낸 후에, 짧은 낫으로 나머지 잡풀을 정리하면 매우 효율적이다. 농기구 회사에서 창안해 낸 것 중에 가장 으뜸이라고 여기는 것이 '장낫'이다. 장낫이 없을 때, 풀을 베다가 독사 한 마리를 본 적이 있다. 흙 색깔하고 비슷해서, 하마터면 낫으로 칠 뻔 했다. 발로 땅을 울려도 달아날 생각을 하지 않고 꿈쩍도 않고 있었다. 결국 풀 베는 것을 포기하였다. 지금도 그 자리만 가면 그 독사가 있을 것 같아서 지팡이로 땅을 먼저 두드린다.

제초제를 쓰지 않고 풀의 성장을 늦추는 방법을 나름대로 고안했다. 손수레 분무기 통 안에 소금 한 봉지와 식초 한 병을 넣고 나머지는 물로 채워, 밭두렁이나 집 주변에 분사를 하니 매우 효율적이다. 그리고, 식초의 향이, 모기나 날버러지들도 싫어하고 뱀도 싫어한다는 것을 알게 되었다. 이후 뱀이나 두꺼비 개구리들이 모여들지 않는다는 것을 알게 되었다. 숲 속에서 나도 살고 새들도 살고, 개구리, 쥐, 뱀, 지네, 굼벵이, 나비, 딱정벌레, 모기, 하루살이 등등 어마어마한 곤충과 벌레들이 살지만, 나도 당당히 나의 영역을 지키기로 했다. 산이 넓으니 '요만큼'은 내가 쓴다는 것으로, '식초 분사법'을 활용하게 된 것이다.

먹거리를 심는 밭이야 손으로 풀을 뽑지만, 산 아래에서 암자까지 올라오는 길의 풀들을 여름내 낫으로 정리를 하다가, '식초 분사법'을 활용하게 되었다. 너무나 효율적이고 내년에는 이 방법으로 여름을 지내야겠다는 생각에 벌써부터 흐뭇하다.

"내가 돌아 갈 곳은 없다!"

인간이 갖는 갈등은 '자신의 땅'에서 다른 곳을 바라보는데서 비롯된다. 그러나, 그것이 삶이다. 그리고, 그것이 이상이며, '꿈'이다. 인간의 고통은 '꿈'과 '현실'을 혼돈하는 데서 비롯된다.

'꿈'과 '현실'의 매우 적당한 '배합'은 무엇으로 가능한 것인가? 나는 이렇게 말하고 싶다. "'현실'이 있기 때문에 '꿈'을 빚어낼 수 있다"라고. 꿈을 빚어내는 '현재의 삶'은 바로 '현재의 자기 위치'를 바로 보아야 한다는 것이다.

'현재의 자기 위치'에서 자기가 해야 할 일은 가장 먼저 무엇인가?

'준비된 자'와 '연마하는 자' 는 역할일 뿐이다. '준비된 자'의 등장이 끝나는 시점에서는, 다른 역할이 등장하게 된다. 그것은 아무도 모른다. 그것을 '흐름'이라고 말 할 수 있을 뿐!

"돌아갈 곳이 없다는 것은 축복이다."

어딘가 갈 곳이 있다는 희망을 버리지 않는 한 인간의 고뇌는 멈추지 않는다.

나는 돌아갈 곳이 없다!

말馬
그리고 말_言

말은 주인이 이끄는 대로 수레를 끈다.

채찍으로 주인의 의도를 전하고 명령한다. 달리는 말에 채찍을 휘두르는 것도 말의 주인이다.

그런데 수레를 끄는 말과, 우리의 생각을 표현하는 말과는 장음과 단음으로 구분하는, 같은 단어 다른 뜻을 가지고 있지만, 실상 수레를 끄는 말과, 말言은 주인의 명령대로 나아가는 것은 다르지 않다.

말이 주인의 채찍에 속도를 내는 것과, 말言이 주인의 의도에 따라 혀를 움직여 소리를 내는 것은 '주인'이 있다는 것도 같고, 의도에 따라 움직인다는 것이 같기 때문이다.

　말이 주인을 잘못만나 잘 길들이지 못하면 제 멋대로 마차를 끌고, 말言 또한 주인의 바르지 못하면 생각이 가시를 돋는 말이 되기도 하고, 양설이 되기도 하고, 감언이 되기도 하고, 본말을 감추고 위장을 하기도 한다.

　바른 말言은 무엇일까?

　해야 할 말과, 하지 않아야 할 말, 듣지 않아야 할 말, 잘 들어야 할 말, 가려서 들어야 할 말….
　어쩌면 언어 또한 수학적 균형, 과학적 밀도와 부피 속에서 조화를 이루어내는 것이 아닌가 한다.

　삶의 모든 묘수는 바둑을 두는 것보다 더 어려울 수도 있다.
　그렇다면, 수학적 묘수에 휩싸여 골머리를 앓는 것보다 가볍고 간단하게 가는 지름길의 언어는 없다는 말인가?

　그것이 시가 아닐까 한다.

부피를 줄이고, 자기를 버린 상태에서 나오는 그 '아름다운 언어'에의 찬탄과 찬미는 인간이 오래도록 연구하고 발전시켜 왔다.

'진구성언' 즉, 진실하게 살펴서 나오는 말씀이야말로 진금을 캐듯 갈고 다듬어 오직 옥토에서 거두는 열매가 몸의 약이 되듯이, 참 말이 되어 마음의 양식이 되고 정신을 깨우는 보배로운 말이 되어, 바른 길로 달리는 말처럼 용맹한 성음으로 묘성이 되리라는 믿음을 가져본다.

말이 길을 잘못 들어 사고를 치면 말의 주인이 책임을 져야 한다.

말도 자기가 뱉은 말에 대한 책임은 자기가 져야 한다. 자기 손으로 자기의 말을 때리듯이.

말에 대한 '책임'은 자신에게 돌아간다.

우리가 어떤 계획을 갖고 일을 계획 했을 때, 처음 얘기가 오고 갔을 경우와 다르게 계획에의 변동을 바꾸는 경우가 있다.

몹시 당황스런 경우다. 가령 어느 곳에 이사를 가더라도 그 집 한 채만 달랑 보고 이사를 하는 경우는 드물다. 주변 환경이라든지, 이웃은 어떤 사람들이 있는지 여러 가지를 살펴보고 움직인다. 나는 여러 번 사람들이 말을 바꾸는 경우로 인해 너무나 당황스런 경험을 많이 했다.

아무리 사람 마음이 믿을 게 못된다고 해도, 하루아침에 계획을 바꾸어 버리면, 처음 구두로 상황 점검을 하고 판단을 내린 결정을 한 대상은 대응책이 전무하다.

구두 약속도 약속이고, 구두계획도 계획이다. 말에 대한 무책임이 빚는 상호적이고 그룹적인 혼란은 물질적 정신적 수습이 때로는 대응하기 어려운 상황으로 전개된다는 사실이다. 인간이 얼마나 불성실하고 무책임하면 서류로 계약을 한다. 안전장치로서 각자의 권리를 보호하지만, 계약이라는 문서의 효력은 방지책 그 이상은 될 수 없다. 인간의 함양된 정신, 정직한 마음 예의를 바탕으로 한 인간의 질서의식이 근본 바탕이 되지 않고는 실상 모든 문서의 기능은 미미한 봉책의 수단에 불과하다.

생각해 보라!
말의 바꿈으로 인해 혼란이 야기되는 그 황당함의 떨림을….

언제나 상호적 입장에서는 함부로 말을 뱉지 말자.

좋은 물건을 갖고 싶은 인간의 욕구는 금전이 있어야 구한다. 사람을 얻고 싶을 때는 그만한 인격을 갖추지 않고는 불가능한 일이다. 방대한 지식이나 깊이와는 상관없는 일이 말이다. 진실한 마음에서 나오는 말들이라야 함부로 달리지 않는 말처럼 다른 이를 다치지 않게 한다는 사실을 상기하자.

인간은 혼자 지내기는 할 수 있어도 어디서든 대상과 함께 이루어지는 세상 속에 있다. 멀리서든 가까이서든. 함께 기거하든 기거하지 않든. 우리는 세상이라는 집단에서 가져오고 가져가며 물질적 정신적 유대관계 속에서 한 생을 살다가 간다.

우리의 생각이 말이 된다.
감춘 말 속의 생각을 자기가 듣는다.
즉 허공이 듣는다.
말을 건넬 때는 선물을 주듯이 골라서 건네자.

실다운 말
잘 익은 말
마음을 살펴 하는 말

자신의 말을·허공(본래·나)에 뱉어놓고 순간적으로 바꾸는
사람은
원론적으로·자기·를 믿지 않는 사람이다. 허공·이 못 들
었다고 여기겠지만·하늘과 땅·이 그 소리를 언제나 입력하
고 있다는 사실을 알아야 한다.

'허공의 귀'는 더 이상 그 사람의 말을 믿으려 하지 않는다.
얼마나 무서운 일인가?

인생학교 같은
'무문관'에 들고 싶다

고즈넉한 산에 가을바람이 분다.

아침이면 안개가 자욱하고, 오후에는 나무들이 잎새들을 흔들며 후두드득 떨어진다. 땅거미가 내려앉을 때면 바람 한 점 없이 산은 침묵한다. 삼라만상이 고개를 숙이고 감사의 머리를 숙이는 듯하다.

오늘은, 마을에 볼일을 보러 내려갔다가 햇볕이 좋아 쌍용 계곡 쪽으로 발걸음을 돌려 단풍 구경이나 할까 하다가, 해가지기 전에 헹구던 빨래를 마저 헹구어 말려야겠다는 생각으로 다시 내가 사는 산 쪽으로 향하는 길로 들어선다.

누렇게 콩밭이 익어간다. 포도밭에는 수건을 쓴 중년의 여인이 허리를 숙여 농막을 정리하고 있었다. 포도송이에 흰 종이를 말아두어 포도의 알갱이들은 보이지 않는다. '숨어 익어가는 포도'를 떠올리며 나는 잠시 입가에 미소를 흘린다.

그간 산에서 살며, 걸어서 마을 구경을 하는 일은 쉽지 않았다.

산을 내려와 볼일을 보려면, 산 아래 첫 마을에서 하루에 세 번 다니는 버스를 기다려 버스를 타고 마을까지 가서, 다시 읍내의 볼 일을 보고 오려면 아침 일찍 나서지 않으면 당일 볼일을 보는 일이 쉽지 않아, 아예 거의 외출을 하지 않고 지내왔었다. 은사 스님을 뵈러 가거나, 문중 소집에 가거나, 다른 암자에 볼일을 보러 가거나(용채를 벌러), 어쩌다 한 번 제사를 지내기 위해 장을 보러 가거나 하는 일이 아니면, 그냥 산에서 지냈다. 시간이 늦어 택시를 타려면 비용도 비용이지만, 길을 손보지 않은 울퉁불퉁하고 돌멩이들이 들쭉날쭉 박힌, 골이 패인 산길에 택시를 타고 거처까지 가자고 하는 일도 도리가 아닌 것 같아, 꼭 나갈 일이 아니면, 나가지 않았는데, 고맙게도 산에까지 군말 없이 태워다 주는 기사님이 계셨다. 차가 망가질까봐 산 입구에 내려달라고 하고 대부분 걸어 올라왔으나 기사님 중에 한 분은 차를 아끼지 않고 거처까지 태워다 주셨다.

나도, 물론 비용을 더 담는 것은 상식이라고 여겼다. 그분들이 소식통이어서 마을 아래 소식을 접하기도 하는, 외출의 기회는 생필품을 사는 기회이기도 하고 외기와의 접촉이기도 한, 소풍 같은 시간이었다. 특별하게 한 분을 정하고 택시를 타지는 않지만, 지금 생각하면 지금의 시간까지 참으로 많은 고마운 분들의 은혜가 있었다.

어쩌다 지인들의 초상에 문상을 가려고 급하게 나서도 막상 택시가 다 나가고 없으면, 걸어서 면까지 가서 한참을 기다려 다시 읍내로 나가는 상황이 불편하기는 하지만, 어쩔 수 없는 일이니 즐거운 마음으로 길을 나섰다. 처해 있는 상황에서 탈피할 수 없다면 즐기는 쪽으로 마음을 갖는 것이 현명하다. 눈이 많이 내리거나, 장마철에는 바랑에 잔뜩 짐을 지고 양손에도 들고, 엄동에 땀을 뻘뻘 흘리며 헉헉거리며 걸어 올라왔다.

돈 얘기 못하는 성격인 이 사람은, 거절도 못하고 나를 믿고 제사를 부탁하는 그 마음이 고마워서 그 고생을 하면서 제사를 모셨다. 산중에서의 생활은 교통비가 가장 큰 부분을 차지하니, 행사나 불공 등으로 재정이 충분하게 확보되는 상황은 아니었다.

세상살이로 치면, 나는 참으로 바보 중에 상 바보였다.
무슨 '고상한 멋'을 혼자 다 갖고 있는 것처럼, 싫은 소리를 못하는 그런 사람으로 살았을까?

2,3년은 등이 무지하게 아팠다. 짐을 지고 다녀서 그런 것인지, 몸에서 뼈가 흘러나가서 그런 것이었는지, 폐병이 걸렸던 것인지 병원에 가지 않아서 모른다. 넘어져서 어깨뼈가 부러져서 병원에 가서야 중증의 골다공증이 있었다는 것을 알게 되었다. 그 후 1년 반 정도 칼슘 보조제를 먹고, 입에 대지 않던 음식도 먹었는데, 병원 검사에서, 뼈가 다시 좋아져 지금은 치료를 멈추었다.

그런 내가 지금은 갖은 호사를 누리고 있다. 자동차라니!

6년만에 토굴을 비워 주고 여기서 한참이나 더 내려간 경상 남도 농장에 품팔이 하며 지내다가 맺은 인연의 불자님이 주선해서 차를 사서 보내오셨다. 지금 그 차를 내 손으로 운전해서 들길을 달리고 있다. 자동차는 사치품이 아니라 시대적 변화의 스피드에 맞게 살아갈 수밖에 없는 생명군의 자연발생적 진화과정에서 탄생 되었다는 것이 맞다.

얼마나 편리한 수단인가! 등짐을 지고 나르지 않아도 되고, 노인들을 모시러 가기도 하고, 오늘처럼 들판 사이의 포장된 농로를 기분 좋게 지나가는 일은 생각만 해도 흐뭇하다.

사회 경제 논리에서는 투자 대비 효과를 기준으로 모든 '출납'이 이루어진다. 납자는 그것을 놓고 살아가는 사람이다. 삭발염의로 포교 중심의 독살이 사찰에서도 이 '경제 논리'를 무시할 수 없다. 권속이든 도반이든 모여든 불자와의 긴밀한 유대관계 속에서 '공동체'로 그 사원이 존재하기 때문이다. 산중에서 칩거하는 납자는 그런 유대관계의 적절한 참여와 균형을 유지할 수 없는 상황인 것이다.

무문관無門關!

이 단어를 바라보고 한 번쯤 설레이지 않을 수 있겠는가? 나의 성정으로 바라볼 때, 나는 자발적인 '강제적 감금' 형태의 수행법에 아주 적절한 사람이라는 것을 이 산에서 지내고 난 후에 알게 되었다.

나의 젊은 시절에는 여승이 들어갈 만한 무문관이 없었다. 비구比丘 중심으로 방부房付를 받는 무문관이 요즘 한두 군데 있는 것으로 안다.

지금의 사회는 통신, 문화, 의료등 개인이 부담하는 '사회적 책임부담'의 의무를 다하지 못하면, 사회 구성원으로서 존재가치가 상실되는 시대이다. 존재는 할 수 있으나, 빛이 스미지 않는 사각지대에서 어둠에 등불 없이 한 마리 벌레처럼 연명하는 불안한 미래로 이어질 수 있는 결단을 두고, '무문관' 입실 단행을 할 수 있는 용단을 내리기란 쉽지 않은 것이다.

광고에 보니, 6개월 공양간 봉사 후에 3년 결사로 입방할 수 있다는 것을 읽었다. 나는, 3년 치 통신비, 의료보험, 기타 보험료 등을 자동이체 할 수 있는 상황이 되고, 해제 후 3년치 기초임금에 대한 '해제비'의 위로금이 있어야 한다고 보는 사람이다.

　대부분 운동 부족으로 병이 들거나, 병의 심화를 다스리지 못해 중도 퇴방을 한다는 소리를 들었다. 40대의 건강이 있는 사람이라면 '무문관' 수행은 한 번쯤 도전해 볼 만한 용단이다. 많은 수행자들이 용단을 내리지 못하는 것은 가족과의 정서적 책임감이나 '사회적 책임 부담금'에 대한 부분으로, 공부에 뜻이 있는 납자들도 '동안거' '하안거'등을 통해 수행을 다져간다.

　'무문관' 수행은 경제적 능력이 있으신 은사스님이나 문중 스님의 지원이 없이는 불가능한 도전이다. 승려도 국가 구성원인 국민의 한 사람이기 때문에, '사회적 책임 부담금'을 납부하지 않으면 엄연한 신용불량 형태의 음지로 내몰려지는 그 참담함을 과연 무슨 용기로 나서겠는가!

　수행승을 길러내는 선방의 재정은 '수행승'이 있기에 가능하다. 그 수행승들을 위해 각처에서 물자와 재정지원이 들어

오기 때문에, '수행승'은 부처를 길러내는 '복밭'이 되는 것이다. 그러므로, 그 수행자가 '수행가람'의 재정 확보를 하는 '원동력'이 되며, 그 재정원으로 불사 진행도하고, 사회복지도 할 수 있는 것이다. 그러므로, 그 '수행승'의 용단은 어마어마한 '보살행'이 되는 것이다.

'수행'을 잘 하는 것. 그 자체가 위대한 '원력보살도'를 실천하는 것이라고 보면 된다. 한 사람이 깨우쳐 빛이 되면, 그 실천행의 힘이 전파되는 위력은 어마어마하다. 그것이 가장 큰 '보살행'인 것이다. 한 사람이 깨우침의 힘으로 '고통'을 덜어내고 마음이 바뀌어 건강한 삶을 살아가게 할 수 있는 위대한 능력은 어마어마한 '전파 에너지'를 갖고 있는 것이라는 것은 분명한 사실이다.

위대한 붓다께서 3천 년 전에 이루어내신 깨우침의 힘이 지금까지 내려오는 것이다. 성문, 연각, 보살의 '해탈승'의 위대한 에너지는 지금 함께 우리와 공존하고 있는 것이다.

그렇다면, 중이 되어야만 '스승'이 되는 것인가?

그렇지 않다.

우리는 있는 자리에서 끝없는 자기 점검의 용기와 세세생생 가르침의 위대한 힘으로 '자정지기'하며 나아가는 '인생학교'의 학생인 것이다. '인생학교'가 바로 '불국토'라는 것을 알아야 한다. 이곳이 '지옥'이며 이곳이 '열반정토'라는 것이다.

어떻게 같은 땅이 지옥도 되고 극락도 되는 것이냐?

우리는 지금 우리가 알고 있는 태양계를 중심으로 도는 행성까지만 바라본다. 그러나, 태양계 중심의 행성에 대한 탐사도 온전히 이루어내지는 못하고 있다. 은하계를 이루어내고 있는 '물질 에너지'와 '비물질 에너지'가 있다. 이 세계는 '물질 에너지'와 '비물질에너지'의 '작용'으로 단단하게 고리를 엮어 함께 돌아간다.

바로 '보이는 것', '보이지 않는 것'

보이는 것 중에 질량이 있는 것, 질량이 없는 것

보이지 않는 것 중에

질량이 있는 것, 질량이 없는 것이다.

붓다의 가르침을 이으려는 무리가 '집단형성'이 되어 '불교'가 된 것이지 불교라는 '교'가 먼저 있었던 것이 아니다. 위대한 붓다는 '따르라'는 말씀을 하신 적이 없다. 오히려 질문자에게 자세하고 자비롭게 말씀을 하셨다. 그 어리석음으로 인한 고통이 왜 겪고 있는지를 스스로 깨닫게 하신 것이다.

붓다의 위대한 업적으로 '불교인'이 사는 것이다. 붓다의 시절에는 차별 없는 마음으로 오직 말씀을 설하신 것이다. '교'를 통해 붓다의 가르침을 만나지만, '교'를 내세워 '차별'과 '이기심'을 양산하는 것은 바른 가르침이 아니다.

우리 인간은 '물질 에너지' 형태로 이루어졌다고 보면, 우리의 사고와 그 사고를 판단하는 정신영역의 '무의식'에서 이루어내는 영역을 밝혀내는 것, 무의식에 박혀 있는 '죄'의 씨앗을 털어내는 것이 '수행'이라고 본다. '죄'의 씨앗은 끊임없이 싹이 돋으려고 한다. 우리의 텃밭에 풀씨들이 살아나려고 안간힘을 쓰며 철철이 올라오고 끊임없이 딛고 올라온다. 그와 같을 것이다.

우리의 마음에 심겨져 있는 그 씨앗이 조건이 될 때 순간이 동으로 튀어 오른다. 우리가 하루하루 살아가며 저장하는 인식은 '씨앗'으로 숨는 것이다. '선행'은 그 씨앗이 '선의 열매'가 되는 시기가 되어 싹이 돋아 열매로 열린다. 그것이 '복'이다.

그렇다면, 씨앗을 심지 않고 열매를 거두려는 농부가 있는가? '선행'은 '복'을 기다리고 심으면 씨앗이 되지 못한다.

농부는 씨앗을 뿌릴 때, 풍년을 기대하며 심는다. '열매'는 '색'이기 때문이기에 '죄'가 없다. 그러나, '선행'은 '비물질 에너지'의 행위적 수단이기 때문에 '행위'는 있었지만, 이미 '비물질 에너지' 마음이 건너가야 온전히 간 것이기 때문이다.

우리의 '심인'은 흙이 아니기 때문에 실상은 씨앗도 존재하지 않는다. 존재하지 않는 가운데 존재하는, 그 가운데서 지어가는 모든 생각은 '허상'이지만 '공'은 아니다.

'허상'은 만져지지 않으나 분명 작용을 한다. 품으면 에너지원으로 작용한다는 것이다. 우리가 갖고 있는 미움이나 분노 원망은 '물질'이 아니지만 우리를 작동하게 하지 않는가?

‘허상’은 ‘모래 위의 집’이다. 가급적이면 생산적인 ‘생각’을 갖되 그 생각을 오염시키지 말자는 것이다. 씨앗이 손상되면 올바르게 자라지 않는 기형적 작물이 되거나, 중도에 상해 버리듯이, 불유쾌한 감정이나 분노를 저장시키는 동안 당신은 ‘숙주’가 되는 것이다. 바로, 감정에 지배되는 단계로 진입이 된다.

나는 완전한 인간이 아니다. 이러한 글을 써서 다른 사람을 지배하고 싶은 마음도 없다.

허공에 집을 짓지 말라.
왜 무문관에 가는가?
무엇하러 가는 것인가?

바로, 자기 자신을 분해하러 가는 것이다. 과거습, 현재습에 배어 있는 모든 고뇌를 낱낱이 꺼내어 해체 시키러 들어가는 것이다. 나는 말하고 싶다. 많은 선각자들이 있다. 그러나 정해진 방법이 딱 ‘이것만이다’하는 것도 없다는 것을. 승려가 되기도 하고, 목사가 되기도 하고, 신부가 되기도 하는 이 모든 '용단'은 '출가'라는 것이다. 단지, 가족을 떠났다는 의미로 받아들이지 않기를 바란다.

목숨이 붙어 있는 육체적 몸 안의 '자기'를 또렷이 밝히기 위해 '가출'이 되기도 하지만 '출가'는 '자기발견'을 통해 '자기의 실체'를 알기 위해 나서는 것이다.

조건이 맞아 '무문관'에 입실한다면, 어쩌면 '산중 독살이'보다 대단히 좋은 환경이라고 볼 수 있다. 주는 밥에, 따스한 방에, 주는 옷에 한 삼년 지내고 나면, 종교계의 영웅이 될 수도 있다. 이보다 더 좋은 조건이 어디에 있겠는가?

그러하니, '무문관'도 '복'이 있어야 갈 수 있는 것 아닌가? 나는 여러 가지 처해 있는 상황으로 '산중 독살이'를 통해 좀 헐렁한 감옥에 스스로를 가둔 것이다. 외기는 가끔 있지만, 춥고, 거칠고, 마르고, 두렵고, 마치 한 마리 짐승이 작은 굴에 들었을 때, 천적이 나타나 굴을 빼앗으려고 하는 상황과 무엇이 다르겠는가? 물도 귀하고, 사람도 귀하고, 필요할 때 바로 해결되지 않는 상황의 전개는 산짐승들이 발자국 소리를 죽여가며 먹을 것을 찾듯이. 그러나, 나는 산고양이나 다람쥐, 쥐들을 보며 배웠다. 짐승들은 배부르면 더 이상 먹지 않는다. 제 밥그릇에 다른 것이 와서 먹어도 관심이 없다.

나는 지금도 '무문관'에 한 번 들어가 살아보지 못한 그것이 좀 아쉽다. 혹시 모른다. 내 마지막 인생길에 한 번쯤? 옷을 벗으러 갈 때는 받아주기는 할까?

걸으며 보는 풍경과 자동차를 타고 보는 풍경은 사뭇 다르다. 높은 자리에서 멀리, 한꺼번에 많은 그림을 시시각각으로 맞이하는 이 즐거움이 상당하다는 것을 오늘에야 알았다. 나는 왜 이 즐거움을 진작 몰랐을까?

나도 어쩌다 한번 깊은 우울감에 젖을 때가 있다. 몸이 피곤하거나, 해결할 문제가 생기면 몸살을 앓는 정도로 기운을 못 차린다.

마음의
몸살 앓이

나도 어쩌다 한 번씩 깊은 우울감에 젖을 때가 있다. 몸이 피곤하거나 해결해야 할 문제가 생기면 몸살을 앓는 정도로 기운을 못 차린다.

기운이 없어서 그런 건지, 너무 집중을 해서 그런 건지 찬찬히 되돌아보면, 너무 깊이 응시하는 것이 습관이 되어, '문제'의 부피를 확대하여 면밀히 본다는 것을 알았다.

이것은 어떠한 상황에서도 나 스스로 해결해야 하는 삶에서 세포가 기형적으로 발달하듯, 내게는 '해결방식'의 통로를 스스로 만들고 있었던 것이다. 그것이 통증이었다. 심장이 뻐근하기도 하고, 두근두근 하기도 하고, 몸이 몹시 차가워져 덜덜 떨기도 하는 참으로 야릇한 신체 반응을 겪는 것이다.

이것이 전문용어로 '히스테리'라고 할지도 모른다. 잘 지내다가 불편한 상황이 야기되었을 때 발촉한다. 아주 사소한 것에서 출발한다. 언제나 조심하지만, 특히 대인관계에서 벌어지면 인격의 문제로 확대 될 수 있는 것이다.

어린 시절에도 곧잘 몸져눕기를 잘했다. 누구하고 싸울 줄도 모르는 아이였지만, 불편한 속앓이를 몸이 아픈 것으로 대신했던 것 같다. 어른들 밑에서 지낼 때도 얼굴이 백지장처럼 하얘지면 어머니는 병원으로 업고 가셨지만, 몸이 약질이라고만 하고, 어머니는 노상 원기소를 사오셨다.

나는 어쩌면 대단히 고약한 사람이었나 보다. 옳고 그름에 대한 명백한 기준선의 이탈을 과도하게 두려워하는 불안이 잠재의식 안에 뿌리를 내려진 것이었다. 누구에게 불쾌한 감정을 드러내고는, 그 상황을 통제 못했다는 자책으로 스스로 괴로움에 붙잡혀 자신이 나쁜 사람이 되었다는 책망을 스스로에게 꾸짖는 자학적 고통에 시달리고 있었다는 것이다.

이것은 어디에서 기인 된 것인가?

아버지는 한학에서 불경으로 대단히 공부를 많이 하셨고, 훈육은 엄격하셨다. 아버지의 회초리에 대한 두려움이 있었다. 인자하시기도 하셨지만, 나는 지금도 아버지께서 벌을 세우시고 싸리가지로 내리치시던 그 따가움이 생생하다.

나는 '회초리'를 맞으면 안 된다는 것, 아프기도 아프지만 내가 잘못해서 회초리를 맞는 수치스러움이 더욱 싫었던 것이다. 그래서, 칭찬을 받기 위해 공부를 유독 좋아했던 것이다. 아버지를 기쁘게 해드리면 회초리를 들지 않을 것 같은 나름의 믿음과, 칭찬 받고 귀여움을 받을 수 있기 때문이었을 것이다. 물론 머리가 나쁘지 않은 원인도 있다.

형제들하고 희희낙락 잘 어울리지 못했던 것도, 나는 너무

명석하고 똑똑하고 특별한 아이가 되어 있었던 것이다.

그러나, 인생살이의 '큰 살림살이'에서 무엇이 옳고 무엇이 그르고는 없는 것이다. 각자가 처해 있는 상황이 각기 다를 뿐이고 인격을 갖추고 있는 어른이라면 어느 어른이 자식이 잘못되기를 바라겠는가?

모두가 귀하고 귀한 소중한 인연으로 만난 것이 아니겠는가?

그렇다면, 공덕은 어디에서 되는 것인가?
위대한 붓다 고타마 싯다르타가 말씀하신 바라밀(실천행)에 있는 것이다. 이는 육바라밀이다, 팔정도다 십선행이다의 가지가지 방편법으로 말씀을 하셨지만, 그 요체는 하나인 것이다.

우리의 '인생학교'의 '교훈'은, "삼독심三得心을 잘 다스리자"이다.

탐貪·진瞋·치癡 삼독심의 '변종 씨앗'은 생산성 있는 작물이 되어 만인을 이롭게 하는 것이 아니라, '자멸'과 '파멸'로 이어지는 '독'의 창고로 발전한다는 뚜렷한 진실을 말씀하신 것이다.

우리가 처해 있는 현재 상황을 벗어날 수 없다면
"이해하려고 하라."
이해할 수 없다면, 기도를 통해 힘을 길러라. 힘이 생기면
'도량'이 넓어져 '포용의 자비'의 씨앗이 새로 탄생한다.

"당신이 주인공이 되어라."

새로 돋은 잎이 무럭무럭 자라, 그들이 당신의 그늘에 쉬러
올 것이다. 바로, 당신은 위대한 '부처의 몸'이며 '행복 나무'
의 주인이다.

오늘, 미워하는 마음 한 가지를
아름다운 당신의 손으로 집어 당신의 사랑의 꽃잎을 얹어
두세요.
그리고, 바라보세요.

당신은 아름답습니다. 아름다운 당신이 계셔서 행복합니다.

겨울

연엽산은 겨울이 빨리 온다.
텃밭의 가을걷이를 마치고 김장을
마무리하면 겨울준비도 끝나고
고양이가 하루 종일 놀자고 한다.

겨울에도
꽃은 핀다

혼자 사는 사람은, 혼자 있을 때 공간 안에서 자기의 말을 자기가 듣게 된다. 말하자면, 자기가 무슨 생각을 하고 있는가를, 한 생각이 일어났을 때, 그 생각을 면밀하게 살피는 것을 하게 된다.

시인도 오랫동안 습작을 하다보면, 시를 적으며 거듭 돌이켜 말의 뿌리를 거슬러 말의 근원에 다가서려 한다. 지금 적은 시어詩語는 내가 말하고자 하는 본래의 밑말이 주는 정확한 의도에서 벗어나지 않는가를 살피며 주루룩 써 놓은 문장들을 읽고 또 읽으며 수정을 해나간다. 운이 좋다고 하면 맞는 표현은 아닐지 모르지만 때로는 한 번 읽고 바로 탈고를 하는 경우도 있다.

그때는 매우 후련하고 뿌듯한 느낌에 사로잡히기도 한다.

이렇듯 인간이 갖는 희노애락을 타박이나 빈퉁으로 밀쳐 버리지 않는 유일한 도구는 바로 말을 아름답고 승화된 정신으로 높여 올려놓을 수 있는 대단히 진화된 유희의 수단이다.

바로 '시'다.

다른 문학의 여러 장르들도 인간의 심성을 바탕으로 표현되는 것은 마찬가지이지만, 시는 인간의 번뇌를 다스리는 월등한 자기 정화의 한 부분이라는 것을 말씀드리고 싶다. 기쁨이나 슬픔, 인간의 순간순간 다가오는 기쁨, 그것에 대한 참회의 마음이 슬픔을 다스리고, 감사의 마음이 기쁨을 받아들이고, 고뇌의 뿌리를 한 가닥씩 거두고 거두게 된다.

시를 아무리 쓰고 싶어도 시가 올라오지 않거나, 설령 올라왔더라도 머무르지 않아 건져내지 못하는 시기가 오기도 한다. 사람마다 성향이 다르겠지만, 번다한 순간에도 시를 적어 내는 놀라운 능력의 시인들도 있다.

　나의 경우는 한꺼번에 여러 가지 일을 하지 못하는 성향의 사람이다. 어떠한 일을 잡았을 때 그 일이 주는 집중력의 분산은 성실하게 일을 처리할 수 없다. 그것에 대한 부담감으로 아예 글을 적지 않고 기다린다. 이것은 어쩌면 좋지 않은 습관이거나 핑계일수도 있다. 지나간 시간들을 살펴보면, 쫓기듯 살았던 젊은 날에 많은 습작을 했다. 그만큼 나는 무엇이든 많은 위로와 소통의 통로가 필요했던 것이다.

　어린 시절부터 새벽에 일찍 일어나는 습관이 든 나는 먼동이 트는 창호지문을 바라보며 날이 밝기를 기다리며 수많은 상념들을 바라보는 것을 즐거워했던 것 같다. 밭에 무엇인가를 심으려면, 잡초를 거두어내고 돌을 걷어내고 흙을 골라 씨앗을 뿌린다. 그래야 씨앗이 움이 터 뿌리를 내리고 자양분을 흡수할 수 있도록 자리를 만들어 준다. 이와 같다.

　글을 쓴다는 것은, 무엇이든 마음에 올라온 생각들을 글로 적어내는 것은 잡초를 걷어내는 것과 같다. 생각이 뿌리를 내려 마음에 자리를 잡으면 그것이 인간의 정신과 육체에 자리를 잡아 삶에 영향을 준다. 그것이 인연이며 연기이다.

그렇다면 단순히 글을 적는 것은 잡초를 걷어내고 쓸 만한 것들을 간추리는 작업과 동일하지 않겠는가? 그러나, 잡동사니가 한가득 담긴 서랍을 정리할 때는 서랍을 꺼내 전부 쏟아내고 빈 서랍에 다시 정리를 하는 것이 수월하다.

시는 생각의 편린들의 조각으로 퍼즐을 맞추듯 끼워 맞추는 것이 아니다.

바람이 불지 않으면 호수엔 물결의 흐름도 보이지 않는다. 그 때 한 송이 연꽃이 호수 위에 봉긋 솟아 올라오는 상상을 해보자.

얼마나 아름다운가! 세상에 반짝이고 빛나는 것, 호사와 치장, 이런 것들이 얼마나 오래 갈 것인가? 내일이면 새로운 모양 더 질기고 고급스러운 물건들이 쏟아져 나온다.

시가 없는 곳은 어디에도 없지만, 시는 잔잔한 호수 위에 불

현 듯 올라오는 순결한 한 송이의 연꽃송이와 같다. 그 꽃의 빛깔은 수 만 가지 빛깔이며, 수 만 가지 향기이며 수 만가지 자태로 자기를 바라볼 것이다.

시인이여!
시가 있다는 것에 감사하자.
시가 당신을 지배하는 것이 아니라, 당신이 당신의 모습을 시의 꽃으로 피워내는 것이다. 어떠한 고난이나 위기도 시는 당신을 지키고, 고결한 당신의 꽃을 당신을 위해 피울 것이다. 그리고, 그 꽃의 향기는 천리만리를 갈 것이다.

입동의 계절 스산한 바람이 일렁이고 가을 잎이 우수수 떨어진다. 초겨울 문턱의 비는 겨울이 성큼 다가서고 있음을 알린다. 오늘 아침에는 얼음도 꽤나 두껍게 얼었다. 곧 엄동이 될 것이라는 알림이다.

겨울 준비가 덜 된 사람들은 초조한 마음도 일어날 것이다. 의연하고 굳건한 믿음으로 준엄한 당신의 본성에 언제나 씨앗을 품고 있는 사계절을 추위와 더위에 상관없이 당신의 마음

호수에 봉긋이 솟아오르는 한 송이의 연꽃을 언제든 피울 준비를 하고 있다는 것을 믿자.

우리의 두려움은 어디에서 오는가? 하나의 계획이 계획대로 되지 않을 것이라는 스스로를 믿지 못하는 마음에서 온다. 가능한 계획은 가능한 현실을 가져온다. 가능한 계획은 스스로를 잘 알고 계획을 세울 때, 가능한 계획이 된다.

스스로를 잘 아는 것.
올 겨울 엄동의 얼음 밑 깊은 땅 속에서 어디선가 돌돌 물이 솟고 있음을 믿자.
당신의 본성, 그 깊은 곳에 한 알의 씨앗이 솟구치는 생명력으로 흐르는 물줄기를 타고 하나의 생명이 될 것이다.

당신의 겨울에 한 송이의 연꽃이 언제나 매일 매일 피어나고 있음을 믿자.
얼마나 아름다운 일인가!

온 적도 없고
간 적도 없다

올 겨울은 큰 추위도 없고, 큰 눈도 없었다.

유난히 포근한 날씨로 이어져, 초겨울의 날씨처럼 아침저녁
으로 손발이 시린 것 말고는 추위가 두려움을 주지는 않았다.
그럼에도 겨울을 보내는 나의 일과는 불을 지피고 장작을 넣
고 화목 보일러의 화덕을 들여다보는 일로 하루해를 보내는
것으로 하루의 대부분을 차지한다.

새해를 맞이하고 며칠 만에 불자님 한 분께서 이승의 옷을

벗으시고 먼 곳으로 여행을 떠나셨다.

암자에 오셔서 기도를 하시기도 하고, 자신의 속내를 열어 누구에게도 하지 못한 심중의 말씀들을 꺼내놓기도 하시고, 함께 차를 나누기도 하던 얼굴들을 다시는 마주하지 못하고 떠나보내는 일이 감정적으로 쉬운 일은 아니다.

의식 절차에 따라 사십구재 입제를 올리는 시간 앞에서 마음을 가다듬고, 임종 시간에 함께 하지 못한 고인을 위하여 '무상계'를 통한 부처님의 말씀을 들려드리는 절차를 진행한다. 그런 엄숙한 시간 앞에서는 단호하고 엄숙한 마음으로 감정에 흔들리지 않기 위해 정신을 가다듬고 가다듬는다.

한 사람이 더 이상 호흡이 끊어지고 생체 인식 반응이 없으면, 이승에서의 삶을 마감한 것으로 의사는 '사망확인'을 한다. 병원에서는 기계가 알려 주는 인식 장치에 신호음이 들리면 의사는 생명을 살리기 위해 혼신의 노력을 기울이지만, 호흡이 멈추고 심정지가 되고, 맥박이 뛰지 않으면 모든 생체 인식 프로그램 자체가 멈추게 된다.

'멈춤'이다.

이제 그 사람은 말이 없는 것이다.

승려의 신분이란 수행을 가장 큰 목표로 삼고 언젠가는 성
불을 하겠다는 서원을 언제나 새기며 사는 사람이다.

그러나, 사람은 사람일 뿐 아니겠는가?

화장으로 남은 잿가루의 무게는 그리 무겁지 않다. 그것 하
나다. 상자에 담겨진 이승의 무게는 두 근 남짓의 무게나 될
까?

'동산수초' 스님과 어떤 납자와의 문답 중에
— 무엇이 부처님입니까?
— 마 삼 근
이라는 문답이 떠오른다

나는 화장을 마친 불자의 뼛가루를 담은 상자를 마주하고

동산수초 스님의 '마삼근'의 성음을 듣는 듯 했다

— 무엇이 부처입니까?
— 잿가루 두 근

이 세상에 부처 아닌 것은 어떤 것도 없다는 것을 말씀하신다. 부처님의 크고 크심에서 나투어진 각각의 그릇에 각각의 모양대로 담겨진다. 천태만상이 크고, 크심 안에서 뿌리를 내리고 가지를 뻗고 열매를 거둔다.

모든 존재는 태어나면 동시에 이별을 마주하며 살아간다. 태아가 어머니의 자궁에서 박리되는 것 자체가 애초에 겪는 이별이다. 어머니의 젖을 먹으며 자라면서 점점 큰 이별을 연습하는 것이다.

슬픔은 있는 것도 없는 것도 아니다. 슬픔을 붙잡으면 슬픔을 느끼고, 놓으면 사라진다. 슬픔으로 눈물짓는 것은 부끄러운 일이 아니다. 어째서 우는가? 슬픔을 들여다보면 슬픔이 본래 있던 것이 아니라는 것을 알게 된다.

슬프면 슬픔에 푹 젖으라!
온전히 슬픔과 한 덩어리가 되어보라!

존재하기에 슬픔이 있고 존재하기에 기쁨을 느낀다.

어떤 것도 나무라지 마라. 그것은 살아있기에 느낄 수 있는
것이다.
슬픔마저도 감사함을 느끼는 순간에 들게 될 것이다.

당신이 있다.
당신이 있기에 내가 있다.
그리고, 우리가 있다.

나는 가까운 얼굴들을 멀리 떠나보내며 그들이 떠났다는 것
을 알지만 '존재하지 않는다'는 생각을 갖지 않게 되었다. 먼
여행길에 들어섰다는 마음으로, 아름다운 여행길이 되도록
합장을 한다. 보이지 않는 세계에 대하여 무한한 예경의 마음
으로 나의 미래를 바라본다. 그들이 보이지 않는 것에 대하여
'없다'는 마음으로 바라보지 않는다.

‘있다’ ‘없다’는 생각으로 정돈을 할 필요가 있겠는가? 본래 그 자리에서 우리와 마주하였다가 아주 멀고 긴 여행길에 들어섰다는 마음으로 그들의 ‘장도’를 위해 합장을 하자. 그리고, 살뜰하고 다정하고 아름다운 마음들을 오래도록 감사하며, 길고 먼 여행을 위해 깊은 응시로 바라보는 것이다.

얼음이 녹고 땅이 부드러워지면 꽃씨를 뿌리자. 이 세계 무궁한 하늘바람이 꽃향기를 실어 아득히 멀리까지 실어가리라. 눈이 부시도록 아름다운 이 세계에 그대와 내가 있다!

금잔화 꽃이 피는
겨울입니다

정오의 햇살이 내리쬐는 처마 밑에 고양이들이 잠이 들었다.

여름내 살이 올라, 덩치는 어미만 해진 것들이 아직도 어미 젖을 파고들다가 잠이 든 모양이다. 새끼들이 잠이 들면 어미는 자세를 바꾸어 눕는다.

나의 시선은 다시, 매일매일 잎이 적어지고 색이 짙어지는 나뭇잎들이 하나 둘씩 바람에 떨어지고 있는 모습을 따라 간다. 바람이 몹시 불고 스산한 날씨와는 전혀 다른 정경이다.

따갑기조차 한 햇살은 눈이 부시고 빛나는 햇빛에 떨어지는 나뭇잎들은 꽃들이 흩날리는 것 같다.

아름답다.

첫추위가 다가오면 왠지 모를 불안이 스미기도 한다. 그마만큼 겨울은 내게 가장 길고 추웠던 모양이다. 서둘러 김장을 마치고 나무를 준비하고, 비상 보일러에 기름을 채워 두어야 하는 것이다. 한 삼 년은 김장을 하지 않고 지냈었다. 겨울에 오는 사람도 별로 없고, 담가 둔 김장을 여름 내내 먹어도 남는 묵은 김치를 버릴 이유도 없었기 때문이다.

우리들 어릴 적에는 김장을 못 담그는 집도 많았다. 추수가 끝난 배추밭에 널려 있는 배추와 우거지를 줍고, 고추밭에 버려진 희나리들을 따다가 절구로 빻아, 김장을 담그는 집들을 보았기 때문이다. 소금을 얻으러 오기도 하고, 김장 언제 담그느냐고 묻고, 소금물을 얻으러 오는 집도 있었다. 어머니는 김장을 참 많이 담그셨다. 김장하는 날, 일을 도와달라고 청하시는 것이었다. 배추를 줍거나, 희나리를 따거나, 소금물을 구하는 사람들을 일손으로 부르시는 것이었다.

나이가 들어도 음식 만드는 일이 서툰 사람들도 많다. 어머니는 일손을 거드는 사람들에게 타박을 하지 않으셨다. 양념을 다듬거나 채소를 씻는 일은 웬만하면 누구나 할 수 있는 일 아닌가? 어떤 아주머니는 손맛이 좋으시고, 어떤 아주머니는 설거지를 잘 하시고, 어떤 아주머니는 걸레질을 잘 하시고…. 그런데, 무슨 일도 매무새가 되지 않는 분들도 계셨다. 한 가지도 제대로 되지 않는 사람들의 살림은 그야말로 어려울 수밖에 없는 것이다. "사는 집은 달라도 한 식구여." 솜씨 좋고, 걸음도 재고, 참예도 빠른 아주머니들에게 하시는 말씀이셨다.

지금 생각해 보면, 우리 어머니는 너무나 멋진 분이셨다. 그 크신 '지혜의 빛'을 마음을 다해, 몸을 다해 믿고 사신 분이셨다. 어머니의 터진 손등은 지금도 내 가슴에 도장처럼 새겨져 있다. 음식에 냄새 난다고, 아무것도 안 바르시고, 자리에 누우시기 전에 글리세린을 바르시던 그 모습이 아직도 눈에 선하다. 화장품 한 번 바르실 줄 모르셨던 어머니는 당신을 먼저 생각하신 삶이 아니셨던 것이다.

"받는 것보다 주는 것이 더 어려운 일이야."

사람들과의 관계는 서로 주고받으며 사는 것이다. 있는 줄 알아도 건네고, 없는 줄 알아도 못 건넬 수 있는 그런 곳이 세상이다. 그러나 '건넨다'는 그 '마음'은 참으로 귀하고 귀한 마음이다. 내 것이 넘쳐나도 건네는 마음이 일어나지 않는 사람들은 못 쓰게 된 다음에 버릴지언정 모양 좋을 때, 나누어 서로 좋은 일이 습관이 되지 않는다. 일손을 부탁하여 많은 김장을 담그시고, 겨울 양식이 되는 김장을 건네시던 아름다운 지혜는, 참으로 너무나 덕이 높으신 실천이셨다는 것이다.

나는 어릴 적, 몸이 허약해 거친 일을 손에 대지 못하게 하셨다. 지금 김치를 담고, 먹거리를 장만하는 일은 순전히 눈으로 보고 익혀 둔 덕이다. 올해는, 서너 번에 걸쳐 김장을 했다. 많은 양은 아니지만, 해가 짧은 낮 시간에 감당할 만한 분량만큼만 하는 것이다. 분량이 너무 많으면, 저장의 문제도 있고, 양념배합의 정확도도 떨어지는 것이다. 김장거리는 마을 분께서 심어주신 것이다. 배추를 심어놓으시고, 책임감에 자주 올라오셔서 살피시던 것을 자주 오시지 말라고 했던 것이 못내 미안했다.

나는 아무래도 사회성이 부족한 사람이 아닌가 하는 자책도 했지만, 혼자 지내는 사람의 하루 일과의 집중도가 떨어지는 것이 약간은 불편하기도 했다.

해가 짧은 동절기에는 노동의 시간이 그리 길지 않다. 오전 8시 조금 지나서 햇살이 퍼지면 오후 세 시 경이면, 산그늘이 진다.

김장은 이틀의 노동이면 충분한 일인데, 삼일의 시간이 걸리기도 한다. 밭에서 배추를 뽑아 날라 와 소금물에 절인 후 다음 날 오전 햇살이 퍼지면 한 번 배추를 뒤집어 주어야 한다. 말하자면, 밑부분에 잘 절여진 쪽과 윗부분에 덜 절여진 쪽을 바꾸어 주는 일이다. 그리고 나서, 찹쌀 풀을 끓이고, 부재료인 채소를 손질하고 양념을 준비하면 배추를 씻는 일이다. 소쿠리에 건져둔 배추가 물이 빠지는 시간에 배추 속 재료인 무채를 썰고, 고춧가루로 무채에 물을 들이고 버무려둔 양념을 넣고 소금으로 간을 맞춘 다음에 시원한 맛을 주는 갓을 나중에 넣어 버무린다.

이렇게 하면 이틀이면 끝나는 일이다. 그런데, 예정에 없던 방문객이 오거나, 다른 일정이 생기면 씻어놓은 배추를 다음

날에 버무려야 하는 차질이 생긴다.

가장 맛이 좋은 김치를 얻으려면, 시간이 적절해야 한다. 마치 "인생은 타이밍이다"라고 외치는 것 같지 않은가! 대단히 적절한 말이다. 시간은 '약속'을 말하고 시간은 '신용'을 나타내고 시간은 '믿음'을 선사한다.

그 시간의 주인공은 바로 '나'다. 바로 '당신'이다. 각각의 주인공인 개체의 진실한 성실성으로 삶의 행복의 조건을 이루어가는 것이다. 인간이 불행한 것은 무슨 이유인가? 바로, 당신이 원인이다. 혹여, 나의 말에 반론을 제기하는 정신영역의 지도자가 있을지는 모른다. 질색을 하는 '정신과 의사'가 있을지도 모른다.

불행은 누구 때문인가? 바로 당신의 욕심 때문이다.

지금 내가 불행하다는 것은 나의 삶에 만족하지 않기 때문에 느끼는 것이다. 그렇다면, 자신이 원하는 것이 무엇인가를 정확히 알 필요가 있다. 그것이 현재의 위치에서 가능한 것인가, 가능하지 않은 것인가를 먼저 바라보아야 한다.

불가능한 일이라면 현재에 더 집중하고 노력하라! 가능하다면 변화를 추구하라!

간단하지 않은가? 불가능한 일을 붙잡고 늘어지면 당신은 번민 속에서 허덕이며 현재는 뒤죽박죽이 되며, 결코 앞으로 나아갈 수 없다.

예전에는 징검다리가 많았다.

물에 발이 젖지 않고 개울을 건너가기 위해 큰 돌덩이를 개울 중간 중간에 던져놓고 발을 움직여 건너가는 것이다. 개울을 건너려면 징검다리를 건너야 한다. 그 중 돌덩이 한 개라도 없으면 당신은 개울에 옷을 적셔야 한다. 옷을 적시고 개울을 건너는 일도 당신의 몫이고 징검다리를 놓아 건너는 일도 당신의 몫이다.

당신은 무엇 때문에 저 개울을 건너려고 하는가? 그 이유를 정확히 알라. 이유를 모른 채 당신은 다리를 놓고 있습니까?

— 당신은 다른 사람이 저 개울에 옷을 젖지 않고 개울을 건너가게 하는 사람인가?

— 당신은 당신 자신이 저 개울을 건너가기 위해 다리를 놓
는 사람인가?
— 당신은 당신도 저 개울을 건너고, 다른 사람도 건널 수
있게 다리를 놓는 사람인가?
— 당신은 건너도 좋고, 건너지 않아도 좋은 사람인가?

올해는 코로나로 인한 심리적, 물리적 침체기와 함께 태풍
으로 인해, 각 지방의 농산물의 작황이 고르지 않아, 채소값과
과일값은 치솟고 김장을 포기한 가정들도 많다는 뉴스가 있
다. 실제로 시내에 농작물 값을 보니, 배추가 금값이다.
지난 번, 마을을 지나가다가 지인 한 분이
"무우 좀 드릴까요?" 하고 물었다.
"무우 있어요." 라고 대답했다.

어제, 어떤 한 분이 산에 오셨다.
"스님, 준다고 하면 받아오시지 그러셨어요?, 말려서, 무말
랭이도 하면 좋지 않아요?"
"그렇네요, 그런 생각을 못했지요."

내가 받아오지 않은 무는 어디로 갈 것인가?

내가 받아오지 않은 무는 無다.

나와는 아무 상관도 없는 일이다.

무를 주고 싶으면 그냥 무를 건네라! 소용하면 소용이 될 것이고 소용치 않으면 다른 곳으로 건너 갈 것이다.

"묻지 마시라"

누군가에게 주고 싶으면, 그냥 건네시라!

올해, 잘 지은 김장 농사로 여러 집으로 배추가 갔다. 먹고 안 먹고는 궁금한 일이 아니다. 괜한 근심을 할 필요가 없다. 배추와 무를 심어 주신 분에게는 따로, 고춧가루를 넣은 김치 한통이 갔다. 그러면 된 일 아닌가? 누군가에게 무엇을 건넬 때에는 자신 있는 마음으로 건네자. 그것이면 된다. 무엇을 주었다는 생각도 하지 말라!

사람은 하루 세 끼 식사를 한다. 나이 먹으면, 하루 두 끼로 줄어든다. 시장기가 덜 느껴진다. 젊었을 때는 활동량이 많아 많이 먹어도 소화가 잘 된다. 나이가 들면, 소비량도 줄어든다. 예전에 먹던 습관으로 삼시 세끼를 꼬박고박 챙겨먹어야 하는 강박증에서도 벗어나야 한다. 시장기를 느낄 때 먹으면 된다.

서울에 사는 얼굴도 한 번 안 본 불자님이 배추 몇 포기를 받고 전화가 왔다.

"스님, 김치도 만들어 파시나요?"

"김치 장사는 안 하고, 필요하시면 그냥 만들어드립니다."

"김치 한 통 드릴까요?"

"네."

세상살이는 참으로 변화무쌍하다.

나는 김치를 만들어 보면 시판되는 김치는 도무지 계산이 맞지 않는 상거래의 음식이다. 어떻게 순이익을 만들어내는지 궁금하다. 직접 농사를 지어 봐도 그렇고, 시장에 나가서 봐도 그렇다. 정말 질이 좋은 식재료로 음식을 만들 때, 가격을 맞추어 봐도, 어떻게 이익을 창출해 낼 수 있는 것인지 그것이 정말 궁금하다. 나는 도무지 계산이 맞지 않기 때문이다. 현지와 사전 계약한 값으로 계산을 맞추는 것인지, 순수 재배 농작물로는 현실의 시판에 있는 상품 값으로는 값을 맞출 수가 없다.

나는 '김치'류의 토속상품으로 시장상거래에 준하는 사업을 절대로 할 수가 없다는 것을 알고 있다. 그냥 여유 있으면 넉넉히 장만하여, 함께 나누는 것 말고, 따로 파는 등의 이익 창출 사업은 나하고는 맞지 않는다는 것을 일찍이 알았다.

있으면 먹고, 있을 때 달라면 주고, 없으면 그냥 먹고…. 내가, 당신이, 세상의 모든 관계를 자신의 잣대로 '값'을 정하는 것에 있다는 것을 알게 되었다. 당신이 원하는 것이 있는 한, 세상은 딱! 고만큼만 당신의 것으로 정해져 있다.

작은 절집에도 어제 눈이 내렸다.

볕 좋은, 초겨울에 금잔화 꽃잎에 아직 물기가 남아 그대와 나의 '삶의 향기'를 느끼게 한다. 눈이 내리는 한겨울에 핀 금잔화! 이것은 누가 가질 축복입니까?

폭설 때문에 절집에 갇혀 여러 날 보낸 후

간신히 길을 내고 마을에 내려가 우편물을 찾는다.

추운 겨울나기가 쉽지는 않지만

그래도 다시 봄은 온다.

'시간 기차'
안에서

산은 언제나 고즈넉하다. 폭설이 내리고 날씨가 풀리면, 햇볕 아래서 얼음이 녹고 오후엔 바람이 분다. 다시 날씨가 추워지려는 징후이기도 하지만, 땅이 젖으면 순차적으로 바람이 분다. 순환의 과정일 것이다. 구름이, 눈이, 비가 되어 땅으로 내려앉으면 물이 되고, 다시 수증기로 증발하여 대기층에 머물렀다가 다시 흙으로 돌아온다.

땅과 물과 불과 바람의 연동으로 함께 있으며, 순차적으로 순번을 정한 것처럼 각각의 작용으로 힘을 드러내는 것이 마치 무대 위에 차례대로 등장이라도 하는 듯하다.

이번 겨울은 정말 춥다. 날씨가 추워지면 나는 마음이 급해진다.

산의 겨울은 길다. 그리고, 춥다.

다람쥐가 도토리를 주워 모으듯이 나도 양식을 준비한다. 겨울이 오기 전에는 먹을 양 만큼만 남겨두고 산에 오는 사람이 누구든 상관없이 실어 보내거나 패트 병에 담아놓은 곡식을 손에 들려주면 흐뭇하다. 쌀이 흔한 세상이지만, '쌀'이 주는 의미는 남다른 것이 아니겠는가?

날씨가 추워지기 시작하는 지난 10월부터 나도 다람쥐처럼 쌀을 모아두었다. 겨울을 나기 전에는 땔감준비와 보일러에 기름을 가득 채워 두는 것이 가장 먼저 할 일이다. 기름보일러는 산을 비워둘 때, 보일러 동파를 막기 위해 가급적 비상용으로만 쓰거나 일이 생겨 바쁠 경우에만 사용한다.

나무를 때는 일은 그야말로 일 삼아서 하는 일이다. 산에서 사용하고 있는 화목보일러는 문에 자동풍구가 달려 있어 불은 잘 붙지만 합리적으로 만들어진 기계가 아니라고 판단한다. 연통에 불씨가 날아가지 않도록 안전장치가 되어 있다면 안심하고 사용해도 되지만 마른나무와 가랑잎으로 뒤덮여진 산은 불씨 관리에 신경을 써야 한다.

화목보일러에 불을 지피는 일은 다른 사람에게 맞길 수 없다. 불을 지피고 불이 붙으면 순환펌프와 자동풍구가 함께 연결되어있는 스위치를 내리고, 화덕의 덮개를 닫고 일을 보다가 온도가 70~80을 가리키면 화덕의 문을 열고 스위치를 올려 순환펌프가 돌아가도록 하는 것이다. 나름대로 사용법을 산의 입장에 맞게 안성맞춤으로 바꾸게 된 것이다. 사용하라는 대로 보일러를 쓰다가는 불이 날까 걱정이 되고, 나무도 순식간에 타버린다. 불을 지피면 수시로 화덕문을 열고 순환을 시켜야 방이 따듯해진다. 열이 과열되면 물이 끓어 넘치고 배관이 터질 위험도 있기 때문이다.

종이를 태우는 일도, 바람이 불지 않는 날 이른 아침에 한다. 먼동이 트고 시야가 밝아진 이른 아침은 가장 조용한 시간이기도 할뿐더러 안개나 이슬이 내리고 바람이 불지 않는

다. 밤 짐승들도 자리를 뜨고, 날이 밝은 아침 새로운 일상의
등장을 준비하는 삼라만상은 잠시 침묵 속에 묵념을 하는 듯
참으로 고요하고 정갈하다. 하룻밤 사이에 모든 시간의 흔적
들이 모두 제자리로 돌아간 듯 모든 것이 숨을 멈추고 있는
듯하다.

그 고요한 아침은 새벽보다 공기가 더 차다. 싸늘하고 맵기
까지 하다.

외출에서 돌아와 보일러부터 틀고 짐을 풀고 정리를 하면
훈훈해진 다음에 다시 화목보일러에 장작을 넣는 것이 싸늘해
진 방안을 덥히는 것이 효율적이다. 저녁에 나무를 넣어도 맹
추위에는 새벽이면 방이 식는다.

올 겨울은 난감한 일들을 순서대로 치르는 중이다.
겨울을 나기 위해, 기름보일러에 부동액을 넣고 수리를 했
건만, 다시 고장이 났다. 다행히 영하로 내려가기 전의 일이
라, 전기장판과 난로를 사용하며 세월을 보내고 있었다. 걱정
이 되기도 했지만, 어쩔 수 없는 일이었다. 물이 얼면 보일러
배관도 얼어터질 것이고, 생각을 하면 뻔하게 벌어질 일들이

라 내심 근심이 드는 것은 사실이었다.

까마귀가 산마루에서 깍 깍 거리며 빙글빙글 돈다.
'손님이 오시려나…'

시내에 사는 젊은 C처사는 나의 첫 번째 신도이다. 물이 고장 나면 고쳐 주고 차양막을 치거나, 못을 박는 일들을 해 주는 너무 고마운 사람이다.
전화가 왔다.
"스님, 날씨 추운데 방 따시게 하고 지내세요. 기름 넣으셨나요?"
"오늘 쯤, 전화해서 넣을까하네요."
"기름집에 연락해 놓을 테니, 가득 넣으세요. 제가 가서 결제해 드릴 테니까요."
"보일러 수리를 했는데 작동이 안 되어서 기름을 넣어보고 안 되면 수리를 할까 해요."
기름집 사장님이 올라와서 기름을 넣다가
"기름 많이 있네요. 스님, 요즘은 기름값이 싸서 나무 때시는 것보다 기름이 싸게 먹어요. 기름 때세요. 확확 돌리세요."

“저는, 기름이 없어서 보일러가 안 되는 줄 알았거든요.”

여기 저기 만져 보더니 작동이 되었다. 나로서는 한시름이 놓이는 것이었다.

오후쯤에 다시 보일러가 점검불이 들어왔다. 어지간하면, 바쁘게 사는 사람들을 오라 가라 하는 것이 미안하여 말을 하지 않고 산에 올라왔을 때, 거들어달라는 말을 하는 나였지만, 이번엔 달리 방도가 없었다.

C처사에게 보일러가 안 된다고 전화를 했다. 보일러 놓는 사람을 보내서 새로 교체를 해 주었다.

“스님, 이 보일러 언제 사신 거예요?”

“제가 처음 왔을 때, 6년 되었다고 하니, 16년 되었네요.”

“스님, 보일러 장사들 다 굶어죽겠네요…:”

추위가 열흘 가까이 이어지면서 산에서 내려오는 물길이 얼었다. 보름 가까이 물이 약해지더니 완전히 얼어붙었다.

지금 산에는 물이 없다. C처사가 싣고 올라 온 생수 20묶음. 그것은 생명물이다. 그리고, 철물점에서 5리터짜리 물통을 20개 사서, 며칠에 한 번씩 마을에 내려가서 싣고 올라와 설거지와 최소한의 씻는 물을 해결하고, 빨래는 읍내 빨래방에 가서 한다. 자동차가 없었다면, 아마 이번 겨울은 이곳에서 지낼 수 없었을 것이다.

물이라는 것이 마실 물만 필요한 것이 아니지 않은가?

물이 고장이 나지 않았을 때는 보일러에 자동유입이 되기 때문에 에어가 찰 염려가 없는데 화목보일러와 연동으로 해놓은 물통에 직접 물을 부어 주어야 되는 대단히 번거로운 일상의 연속이다. 겨울철 난방비를 줄이는 방법은 수도관과 보일러 동결파손을 예방하기도 한, 온수를 약간 흘려두는 것이다. 순환도 잘 되어 방도 따듯하고, 배관이 어는 것을 막을 수도 있으니 일석이조의 득이 있다.

그런데, 지금은 물이 끊어져 보일러를 평상시보다 더 많이 자주 가동을 시켜야 하는 것이다. 불과 보름 사이에 기름탱크의 반 이상을 사용한 것이다. 낮 시간을 이용하여 나무삭정이를 줍고 다섯시 전까지는 나무를 때고, 숙면을 취하기 위해서라도 밤에는 보일러 가동 온도 설정을 해두는 방식으로 지내야겠다.

하루 일과를 보일러 점검하는 일과, 눈이 오기 전에 물을 준비하고 눈이 왔을 때는 산 아래까지 눈을 쓰는 일과의 연속이다. 며칠 전 소한 추위에는 날씨가 너무 추워 눈을 쓸다가 말고, 낮 시간을 이용해 삼일 동안 눈을 치우고 물을 담으러 내려갔다.

불자님 댁에 물을 담으러 가는 일도 왠지 미안스럽고 하여, 내려오시라는 전화가 올 때까지는 가지 않는다.

두 번은 읍내 가까이에 있는 공원 화장실에 가서 물을 담아왔다. 고무장갑, 소독약, 양푼, 바가지, 장화를 준비해서 공원 화장실 세면대를 소독약으로 깨끗이 닦고 물을 담고 밖에 세워 둔 밀대 걸레로 바닥에 물기를 닦아놓고 왔다. 혹시라도 물이 얼어 바닥이 미끄러우면 다른 사람이 다칠 수도 있는 일이다.

인생은 여행이다.

우리는, 걷거나 차를 타거나 비행기를 타지 않아도 위대한 역사의 흐름의 '시간 기차' 안에 있다. 여행하고 있는 것이다.

자세히 바라다보면 생명을 지켜가는 모든 생명군의 모든 존재는 순간 순간이 '자기목숨'을 위협 받고 있는 것이다. '시간 기차' 안에서는 나무와 풀들이 자라고 꽃들이 피고 벌과 나비들이 날고 새들이 지저귄다. 나무들은 계절 따라 옷을 바꿔 입으며 때가 되면 소멸한다.

우리도 그와 같다. '시간 기차' 안에 승차한 지구행성과 태양계를 지나 머나 먼 은하계의 별들까지 '시간 기차'는 연결되어 있다. 너무 먼 거리여서 우리의 시야 안에서 바라볼 수 없을 뿐, 우리는 함께 승차한 승객이다.

동체 대비!

우리는 함께 나아가는 '시간 기차'의 승객이며, 함께 준비하여 폭죽놀이를 하는 화합중생인 것이다.

화합중생을 받치고 있는 것은 바로 '공'이며, '흐름'이다. '공'은 '빔'이나 완전함이다. 굳은돌이 아니며, 모든 것을 담고 포용하는 거대한 '늘임주머니'이나 벽이 없으며 무한대이며, 헤아릴 수 없다.

그 자리가 '부처자리'이다. 그러므로, 모든 존재는 '부처자리'의 바탕에서 생하고 멸한다. 그러므로, 모든 존재는 부처의 법신으로서의 화현이다. 과거습, 현재의 악습이 ‘부처’께서 비추시는 ‘빛남’을 가리우고 있을 뿐이다. 그러므로, 그 ‘얼룩’은 다른이의 것이 아니며, 바로 ‘나’라는 것이다. ‘나’라는 것이 사라지는 순간 부처의 광명으로 가득 차는 ‘법신불’이 되는 것이다.

우리는 완전하지 않으며, 언제나 ‘공’의 성품자리로 귀의하는 순간 부처의 광명이 환해지는 것이다. 그러므로, 부처와 중생이 함께 있다고 하는 것이다.

법계는 우리의 아량으로 헤아릴 수 없다. 그러므로, 응시하는 것이다. 응시는 바로 ‘귀의’의 순간이다. ‘귀의’는 참회의 순간이며 반조의 시간이다. 반조의 시간에 우리가 빚어낸 번뇌들을 소멸하는 것이다. 돌이켜 반조하는 순간에 우리의 의식은 나아간다. 보다 멀리, 막혀 있던 혈관이 흐름을 원활하게 하듯이, 무한으로 나아간다. 그리고, 무한한 흐름의 끝을 언제나 응시한다. 그러나, 끝이 없다. 무한한 흐름은 희망이며, 응시이며 귀의이다.

살아 있다는 것이 기쁘지 않은가?

가게 문을 닫는 이들

집세를 근심하는 이들

공과금을 걱정하는 사람들

당장 생계에 부딪혀 발등에 불이 붙은 사람들에게 직접 할 수 있는 말은 아니지만, 우리는 그간 우리의 행복을 지켜 준 모든 것들에 대하여 감사의 기도를 해야 하는 것이다. 그것 말고는 답이 없다.

물이 없으면 '물에 대한 감사'의 기도를 하자.

돈이 없으면 '돈에 대한 감사'의 기도를 하자.

떠나간 인연에 대해 원망보다는 함께 있어 준 것에 대한 감사를 하자.

우리가 타고 있는 '시간 기차'에 대해서도 감사를 하자.

우리는 최선을 다할 뿐이다. 코로나19가 인류를 점령해도 우리는 할 말이 없다.

'인류의 행복'이 '법계질서'의 위에 있지 않다는 것을 깨달아야 한다. 그저, 우리는 최선을 다 할 뿐이다.

국가는 국민 모두의 것이며, 국민은 누구나 밝은 지혜를 전체를 위해 가감없이 드러내고 밝히며, 정부는 쓴소리를 들을 줄 아는 '지혜보살'의 수장이 되기를 바란다.

곧, 봄이 올 것이다!

물 한 사발에도
세상의 은혜가 있다

김장철도 지나고 영하로 기온이 떨어져 낙숫물 받아놓은 물이 꽤나 두껍게 얼음이 언다. 겨울준비를 하기 전에 그나마 나오던 물이 딱 끊어져 닷새 동안 생활용수 없이 지내고 빗물을 끓여서 마시게 되었다. 한두 번 겪는 일이 아니라, 당황한 것은 아니지만, 제사라도 모시는 날이 아니라 천만다행이라 여겼다.

아랫녘 불자님이 소식을 듣고 생수와 비상식품을 싣고 이 먼 곳까지 찾아오셨다.

가뭄이 심한 탓인지, 수로가 깨져서 어디로 흐르는지, 고쳐볼 엄두도 내지 못하고 물이 나오는 양에 따라 일상의 일들을 조절해 가며 생활을 해야 했다. 물이 딱 끊어진 다음 날 마을에 내려가 생수와 조리하지 않아도 되는 스낵과 간식류를 사왔으나 이상스레 그런 간식류를 먹어도 속이 허전하고 빈 것 같은 느낌이 되었다. 늘 먹던 김치, 된장국이 몸에 들어오지 않으니 몸은 익숙한 성분의 음식들을 기다리는 모양이다.

바쁜 사람에게 얼른 손을 봐달라고 하기도 뭣하고 해서, 다른 거처에 있다가 오려는 준비를 하고 있는데, 해 저물녘에 노모를 모시고 안식구와 같이 올라와 물을 고쳐주었다. 이 곳 마을 사람들은 연엽산에서 내려오는 물을 대대로 마시고 살아왔다고 한다. 공수도가 있어도 어른들은 연엽골 골짜기의 물을 대단히 중요하게 여기며 지내신다. 마을로 가는 수로의 옆을 따서 암자에서도 물을 사용할 수 있게 하였다.

물은 생명수다.

"길은 열어 주고 물은 같이 쓰는 것이다"는 말씀도 있지만, 어릴 적 등교 길에 긴 장마 끝에 논물 때문에 싸움이 난 모습을 보고 오랫동안 내 기억에 남아 있는 나로서는 여간 고마운 일이 아니었다. 십여 년을 지내는 동안 가뭄이 심했던 때는, 두 양동이의 물로 하루를 지내며 여름 한철을 지냈던 적도 있었다. 옷은 땀 냄새만 없애기 위해 비누를 사용하지 않고 식초를 타서 헹구어 햇볕에 말려 입는 나름대로의 사는 방법을 터득하게 되었다. 그래서 가끔 내가 사람들하고 우스갯소리를 할 때, "스님, 이거 어떻게 하셨어요?" 물으면, "아, 원숭이보단 낫다니까요."

처음엔, 이런 사정을 말 할 곳도 없고, 그냥 형편에 따라 살았다. 참으로 갑갑한 사람이라고 할 수도 있겠으나, 나로서는 달리 방법이 없었다. '그저 살다가 정 못 살 형편이 되면 그때 가서 결정 하면 되지' 이렇게 여기며 지냈다.

그러니, 정기적으로 여는 법회가 나로서는 상당히 부담이 갔다.

"곧잘 한다"는 소리를 듣는 염불로, 다른 암자나 포교원에 가서 제사를 지내주고 받는 보시금을 모아 법회 준비를 하였다.

출가사문이 생활을 영위하는 길은, 큰스님을 모시고 가르침을 배우며 기본생활에 대한 지원을 받는 방법과, 총림의 강원에서 후학을 지도하는 강사를 하거나, 선방에서 안거를 지키며 운수납자로써 살아가는 일이다. 실제로 포교는 수행자로서 득력이 이루어진 다음에 선원을 개방하거나, 부처님 말씀을 전하는 포교를 하는 길이 합당하다.

세상에 사람들이 살아가는 모습이 천차만별이듯, 수행자의 길도 딱히 정해진 길은 없을 것이다. 어차피 육신의 안위를 위하여 출가한 길은 아니었다. 세상은 바둑판처럼 일정한 간격, 말하자면 가장 안전한 길을 선호한다.

스님을 심문하듯이 묻는다.

"○○종이세요?"

"어느 강원 나오셨어요?"

특히나 같은 사문의 길을 걷는 승려들을 시장에서 만나면 나이 좀 드신 스님들은 무조건 하대부터 하며, 어느 문중이냐고부터 묻는다.

부처님께서 출신을 묻지 않고 제자를 받아들이셨던 것은, 인간의 존엄성을 확고하게 하신 분명한 가르침이시라고 본다. 사람들끼리 초면에 따박따박 심문하듯이 묻는 것은 대단히 실

례가 아닌가? 더구나 부처님의 위대한 가르침의 길을 걷는 수행자가 나이 먹었다고 대우 받으려는 그 자세가 밖의 사람들하고 무엇이 다른가?

수행자 입장에서 보면, 나이는 자랑이 아니다. 나이를 먹으면 나잇값을 해야 한다. 세상살이에서 찌들어 더덕더덕 때가 묻은 마음으로는 나이가 자랑이 아니라 '죄'의 두께라고 보아야 한다.

부처님 가르침을 받들며 배우는 사문은 나이가 없다. 세속의 잣대를 버리고 불성을 밝혀 '부처님의 눈'으로 바라보는 '정견'을 아로새기며 언제나 스스로에게 '바로 보고 있음인가?'를 살펴야 한다.

산에서 살며, 세 번 큰 이사를 했다.

전후 사정이야 일일이 다 말할 수는 없는 입장이지만, 지금의 자리를 지키며 살기까지 말할 수 없는 우여곡절이 있었다. 자리를 지키고 싶어 지킨 것이 아니었다. 처음엔 분명한 목표가 있었고, 그 결심을 허물지 않기 위해 살았고, 그 다음은 이동을 할 형편이 아니어서 지냈고, 그 다음은, 사는 이가 없어서 다시 살게 되었다. 십년이라는 시간이 물처럼 흘러갔다.

그 사이 나무들도 키가 자라고 숲도 울창해졌다.

예전에는 나무들을 바라봐도 지금처럼 깊은 마음으로 바라보지는 않았던 것이다. 내 스스로 여러 가지 상황과 직면하여, 겪는 통증이나 불편함들을 바라보며, 이 산에 사는 나무들도 나와 같았을 것이라는 생각이 들었다. 예기치 않은 폭우로 흙이 파여 나무의 뿌리가 허옇게 드러난 모습, 번개에 맞아 시커멓게 타버린 고목이며, 태풍에 허리가 끊어진 나무들이 많다는 것을 보며, 그들이 나의 동지이며 일부분 같은 마음으로 바라보게 된 것이다.

연엽산
편지

초판 인쇄	2025년 12월 5일
초판 발행	2025년 12월 10일

지은이	원임덕
펴낸이	김상철
발행처	스타북스
등록번호	제300-2006-00104호
주소	서울시 종로구 종로 19 르메이에르종로타운 A동 907호
전화	02) 735-1312
팩스	02) 735-5501
이메일	starbooks22@naver.com
ISBN	979-11-5795-784-2 03810

ⓒ 2025 Starbooks Inc.
Printed in Seoul, Korea